Otto Sommerstorff

Wo ich war und was ich sah

Errinerungen

Otto Sommerstorff

Wo ich war und was ich sah
Errinerungen

ISBN/EAN: 9783743652620

Hergestellt in Europa, USA, Kanada, Australien, Japan

Cover: Foto ©Andreas Hilbeck / pixelio.de

Weitere Bücher finden Sie auf **www.hansebooks.com**

Wo ich war ══─── und ───══ was ich sah.

Wo ich war

und

was ich sah.

---○---

Erinnerungen

von

Otto Sommerstorff.

---•---

Berlin SW. 12
Verlag von Hugo Steinitz
Charlottenstraße 2.

Meinen

Freunden

gewidmet.

Inhalt.

I.

Von der Weser zum Hudson.

Abreise. — Amerika in Southampton. — Drei Tage Kabinen-
arrest. — Im Hafen von New-York.

Es war im Frühling des Jahres 1893, als mir
mein lieber, verehrter Freund, Doktor M. W. Meyer,
Begründer und Leiter der Urania-Sternwarte in Berlin,
schrieb: „Im Sommer — Juli, August — mache ich
eine große Studienreise durch Nordamerika. Hauptziel:
Yellowstone-Park! — Hast Du Zeit und Lust, so komm
mit!" —

Ich überlegte nicht lange und sagte zu. Zeit hatte
ich, denn die Ferien des Berliner „Deutschen Theaters",
dessen Mitglied ich damals war, fielen gerade auf die
für die Reise bestimmten Monate — und Lust? Lust
hatte ich mehr als genug. War doch Amerika seit
meiner frühesten Jugend das Land meiner Sehnsucht.

Sommerstorff.   1

Die Aussicht, eine so lang gehegte Sehnsucht nun endlich und unter überaus günstigen und angenehmen Bedingungen stillen zu können, hatte etwas geradezu Berauschendes für mich.

Nicht als fahrender Mime, der von seinem Manager wie eine Ware im time is money-Tempo durch das Dollarland geschleppt und gehetzt wird, sondern als freier Wandersmann, losgelöst von allen Berufspflichten, in Begleitung eines naturkundigen Freundes, sollte ich die neue Welt durchstreifen von Meer zu Meer, sollte ich eindringen in die wunderreiche Urwaldwildnis des Felsengebirges und der kalifornischen Sierra Nevada. —

Am Sonntag, den 25. Juni, verließ ich Berlin mit dem vom Bahnhof Friedrichstraße abgehenden, mit großem Komfort eingerichteten Kölner Eilzug.

„Das ist doch hoffentlich der direkte Zug nach San Francisco?" fragte Doktor Meyer, als er auf der Station am Zoologischen Garten zu mir einstieg, um mir von nun ab auf dem weiten Weg vom Atlantischen bis zum Stillen Ocean, über Meer und Land, ein Reisegefährte zu sein, wie ich mir keinen besseren wünschen konnte. —

In Bremen gesellte sich unser Dritter im Bunde, Herr Kranz, der Maler, zu uns.

Am Dienstag, den 27., früh fuhren wir mit Extrazug nach Bremerhaven.

Hier wurde zunächst das Gepäck auf den kleinen Dampfer „Kehrewieder" verladen, von dem bald darauf wir selbst, eng zusammengepfercht mit der ganzen Masse der Passagiere erster und zweiter Kajüte — die „Zwischendecker" waren schon früher hinüber= gebracht worden — nach dem großen Oceansteamer befördert wurden, der wegen seines erheblichen Tief= ganges nicht bis an das Werft heranfahren kann.

Als wir anlangten, bot uns die Kapelle der Stewards einen musikalischen Willkommengruß und in langem Zuge erstiegen wir den gewaltigen Koloß, die „Lahn," einen der schönsten und bestgebauten Schnell= dampfer des Norddeutschen Lloyd. — „Kehrewieder" dampfte zum Werft zurück; wir waren nun endgültig vom Festland, von der Heimat getrennt.

Ein dröhnender Pfiff der Dampfpfeife, und die Schraube that ihre erste Umdrehung —, die erste von den drei Viertelmillionen, die sie bis New=York zu machen hatte!

Eben, als wir unter den Klängen der Musikkapelle abfuhren, langte der Lloyddampfer „Saale", von Amerika kommend, an. Auch von seinem Bord ertönte fröhliche Musik herüber, zwischen beiden Steamern wurden Dampfpfeifengrüße gewechselt, während die Passagiere, welche das Deck beider Schiffe in dicht= gedrängten Haufen füllten, Tücher schwenkten und „Hoch" und „Hurrah" riefen. —

Mehr und mehr trat auf beiden Seiten der Weser das Land zurück, beim Rotesand=Leuchtturm erreichten wir die Nordsee und steuerten nun nach Südwesten, am Terschellingbank=Feuerschiff vorüber auf den Ein=

gang des englischen Kanals zu. Scharen von Möven begleiteten uns und umkreisten kreischend das Schiff.

Die See war ruhig, weshalb die Schiffsgesell=schaft vollzählig an den langen Tafeln des Speise=saales erschien und mit noch ungetrübter Eßlust den vortrefflichen, in verschwenderischer Fülle gebotenen Leistungen der Küche alle Ehre anthat.

Den Abend verbrachten wir teils auf Deck, teils in dem behaglich eingerichteten Rauchsalon. Um elf Uhr stiegen wir in unsere Kabine hinab.

Ich hatte in dieser ersten beweglichen Nacht das Oberbett inne, schlief ganz vortrefflich bei dem leisen Wippen und Zittern des sonst vollkommen ruhig dahingleitenden Schiffskörpers, und als ich am Morgen des 28. Juni erwachte, betrachtete ich durch das gegenüberliegende Rundfenster die grauen Wogen der See, die da draußen, nur wenige Schritte von mir entfernt, gleich einer Riesenflut geschmolzenen Bleis dahinrollte, ein Schauspiel, das trotz seiner Ein=förmigkeit meine Sinne gefangen hielt, bis der dröhnende Tamtamschlag zum Frühstück rief und allen Reflexionen ein jähes Ende bereitete. —

Mein Frühmahl bestand aus einer Tasse Thee und einem Stückchen Zwieback. Mir gegenüber saß ein Amerikaner bei seinem Morgenbeefsteak. Dann bestellte er sich noch einen Hammelbraten mit Kartoffeln! Ich enteilte nach dem Promenadendeck . . .

Das Wetter war wundervoll, der Himmel klar, die See graugrün, leicht gekräuselt.

Die Möven folgten uns noch immer und trieben ihr lärmendes Spiel über dem Hinterdeck.

Wir waren in der Meerenge von Calais. Die Kreidefelsen von Dover mit ihren Forts tauchten auf, links im Süden die französische Küste. Die enge Wasserstraße erweitert sich bald zum englischen Kanal, in dem wir an der britischen Küste entlang fuhren. Das berühmte Seebad Brighton mit seiner lang= gestreckten Häuserfront kam in Sicht. Gegen Mittag erschien die malerische Insel Wight, auf der die Orte Ryde, Cowes und die Türme des Schlosses Osborne deutlich hervortraten. Zwischen Wight und dem rechts auf dem Festland gelegenen Portsmouth steuerten wir durch die geschützte Rhede von Spithead und gingen bald darauf am Südende des Southampton Water vor Anker, um die von Southampton kommenden Passagiere und die englische Post aufzunehmen.

Mehrere Zwischendecker wollten hier mit Sack und Pack aussteigen. Sie glaubten steif und fest, es sei schon Amerika, und machten sehr verblüffte Ge= sichter, als ihnen bedeutet wurde, daß die Reise eigentlich jetzt erst anginge! —

Nach etwa einstündigem Aufenthalt setzte die „Lahn" ihre Fahrt nach Westen durch den schönen, von zahl= reichen Jachten belebten Solent=Kanal zwischen der Insel Wight und der Küste von Hampshire fort. An der Westspitze der malerischen Insel erschienen endlich die drei phantastischen Felszacken der Needles, hinter denen die eigentliche Oceanfahrt beginnt, denn von hier ab wird erst die Überfahrtszeit gerechnet.

Nachdem wir die Halbinsel Portland, Start Point und in der Bucht von Plymouth den berühmten Eddystone-Leuchtturm zurückgelassen, passierten wir den letzten Punkt des englischen Festlandes, Kap Lizard und etwa dreißig Meilen weiter die Gruppe der Scilly-Inseln, das letzte sichtbare europäische Land.

An den längeren und mächtigeren Wellenzügen und an der gleichmäßigeren Bewegung des Schiffes merkten wir, daß wir uns nun im offenen Atlantischen Ocean befanden. Wir merkten's auch an uns selber . . .

Ich hatte es mir in meinem Oceanstuhl bequem gemacht und befand mich ganz wohl in meiner horizontalen Lage. Da trat eine mir bekannte seefeste Deutsch-Amerikanerin zu mir mit den Worten: „Sie müssen sich Bewegung machen, sonst fühlen Sie schlecht die ganze Reise!" —

Der mir in so guter Absicht und — so schlechtem Deutsch erteilte Rat veranlaßte mich zu dem kühnen Entschluß, meine sichere Stellung aufzugeben und einen verderbendrohenden Spaziergang auf dem schwankenden Deck zu unternehmen. Ich taumelte zwei- bis dreimal den Promenadenweg hin und zurück, da wurde es mir plötzlich unsicher vor den Augen, unsicher im Magen, und ich stürzte schleunigst die Treppen hinunter nach meiner Kabine, wo die Katastrophe ohne Augenzeugen erfolgen konnte . . .

Ich hatte kaum eine halbe Stunde in stiller Zurück=
gezogenheit zugebracht, als plötzlich eine graue Gestalt
in die Kabine wankte und wortlos, ohne sich auch nur
eines Kleidungsstückes, geschweige denn der Stiefel zu
entledigen, mit besinnungsloser Hast ins Unterbett
hineintorkelte.

Also auch er, Meyer!! . . .

So blieben wir liegen, sechzehn Stunden lang und
rührten uns nicht vom Fleck.

Das hölzerne Photographenstativ Meyers, welches
zufällig in der Sofaecke gelegen, hatte ich die ganze
Zeit als Kopfunterlage, ohne daß es mich sonderlich
genierte!

Mein Oberbett zu erklimmen, erschien mir auch
noch am nächsten Tag als ein Ding der Unmög=
lichkeit. Der Steward machte mir daher mein Lager
auf dem Sofa zurecht. Während er damit beschäftigt
war, lag ich ausgestreckt auf dem Boden, auf den ich
mich einfach hinabgelassen hatte, und als das Bett
fertig war, rutschte ich langsam wieder hinauf, möglichst
die wohlthätige horizontale Lage beibehaltend.

Die folgende Nacht war besonders bewegt. Unsere
Koffer kollerten mit schwerem Gepolter von einer Wand
zur anderen, wir selbst wurden in unseren Betten be=
ständig hin= und hergeworfen, draußen in den Korridoren
ließen sich die unerklärlichsten Geräusche vernehmen;
von der Küche her erklang ununterbrochen das Klirren
der Teller, Schüsseln und Töpfe, die ganze Ein=
richtung des Schiffes schien rebellisch geworden zu sein,

an Schlaf war nicht zu denken. Gegen Morgen wurde
es ruhiger.

Drei endlose Tage blieben wir in dem der See=
krankheit eigentümlichen Zustand der Kraft= und Mut=
losigkeit an unsere enge Lagerstätte gebannt. Die Zeit
verging uns entsetzlich langsam, und meine einzige Zer=
streuung bestand darin, in kurzen Zwischenräumen nach
meiner noch die Berliner Zeit anzeigenden Uhr zu
sehen und mir mit dem brennenden Gefühl des Heim=
wehs auszumalen, was wohl meine Lieben in der
Ferne machten. Freilich war auch diese kontrollierende
Beschäftigung nicht dazu angethan, den Gang der
Stunden zu beschleunigen!

Am Abend des 30. Juni waren meine sehn=
süchtigen Gedanken im Deutschen Theater zu Berlin,
wo eben mein Kollege Basil an meiner Statt den
Faust spielte, da ich von Direktor L'Arronge meiner
Abreise wegen fünf Tage vor Schluß der Saison
beurlaubt worden war. Sonst hatte ich es als eine
große Erleichterung empfunden, wenn ich in der an=
strengenden Rolle einmal abgelöst wurde. Jetzt be=
neidete ich meinen Stellvertreter, der sich in der an=
regenden Gesellschaft Mephistos und Gretchens gesund
und frei bewegen konnte, auf den Brettern, welche
die Welt bedeuten und welche einen Vorzug hatten,
der mir in meiner gegenwärtigen Lage unschätzbar
schien — nämlich nicht zu wanken!! — Ich beneidete
ihn um jedes Glas Bier, an dem er sich nach gethaner
Arbeit ungestraft erquicken konnte, während ich mit

einer Taſſe Thee oder einer matten Limonade mein
Leben notdürftig friſten mußte . . .

Endlich am Sonntag, den 2. Juli, früh um 6 Uhr,
raffte ich mich energiſch auf, kleidete mich ſchnell an
und eilte auf Deck. Die ſcharfe Briſe, die mich hier
durchwehte, wirkte Wunder; die Erſchlaffung des
Körpers und der Seele wich, ich begann in kurzer Zeit
mich außerordentlich erfriſcht und wohl zu fühlen.
Ebenſo erging es meinem Freund Meyer, der mir ein
paar Stunden ſpäter in die Oberwelt nachgefolgt war.

Unſere Mahlzeiten, ein paar einfache Gerichte,
ließen wir uns wohlweislich auf Deck in freier Luft
ſervieren. Das waren wir der Erhaltung unſeres
inneren Gleichgewichts ſchuldig! Das endloſe Menu,
die endloſe Tafelmuſik unten in dem niederen, gold=
überladenen Speiſeſaal — das war des Guten zuviel
für uns!

Freund Kranz, der Maler, war nicht ſo empfind=
lich, wie wir.

Mit wahrem Wolfshunger ſtieg er täglich in den
Speiſeſaal hinab, und ich muß leider geſtehen, daß wir
uns in unſerer Appetitloſigkeit oft ſo weit vergaßen,
ihm ſeine „unverſchämte Geſundheit“ geradezu zum
Vorwurf zu machen! —

Auf Deck gab es mancherlei Zerſtreuung, die uns
die Zeit verkürzte, was wir nach den vergangenen
Tagen des Leidens doppelt wohlthuend empfanden.

Freund Meyer bethätigte ſeine wiedererlangte Geſund=
heit durch mehrere gelungene photographiſche Aufnahmen.

Unter anderem wurde der Moment festgehalten, in dem uns Kapitän Hellmers, der liebenswürdig vornehme Beherrscher unseres Kleinstaates, die von Kaiser Wilhelm II. gestiftete Standarte vorführte. Besonders interessante Gruppenbilder lieferte das Zwischendeck, welches von Auswanderern — Männern, Weibern und Kindern — überfüllt war.

Seine Majestät der Ocean sogar, der sich uns gegenüber anfangs so ungnädig bewiesen, suchte uns nun für die ausgestandene Trübsal zu entschädigen und sorgte für unsere Unterhaltung, indem er uns einmal einen Walfisch von beträchtlicher Größe präsentierte und mehrmals lange Ketten von Tümmlern oder Braunfischen*) erscheinen ließ, die eine Zeit lang das Schiff begleiteten und mit ihren tollen Sprüngen einen überaus ergötzlichen Anblick boten. Später, am Abend, überraschte er uns mit einem seiner stärksten Effekte, dem Meerleuchten! Das war in der That ein prächtiges Schauspiel. Unablässig sprühten und zuckten Myriaden von Funken in den Wogen hin und wieder, so zauberhaft und wundersam, daß man gar nicht an die Natürlichkeit der Erscheinung glauben mochte. Stundenlang fuhren wir durch diese leuchtenden, funkenblitzenden Fluten.

Am folgenden Tag — wir befanden uns bereits an den Bänken von Neufundland — kamen wir in

---

*) Delphinus phocaena.

die Region der hier fast beständig herrschenden Nebel, welche durch die Berührung der kalten, vom Nordpol kommenden Strömungen mit dem warmen mexikanischen Golfstrom erzeugt werden. Die Atmosphäre verdichtete sich mit einem Male bis zur Undurchdringlichkeit. Das Nebelhorn erhob seine dröhnende, markerschütternde Stimme. Von Minute zu Minute sandte es seinen Warnruf in die graue, frostige Nacht hinaus. Das sind die unheimlichsten Stunden für die Passagiere, die verantwortungsvollsten im Leben der Befehlshaber der atlantischen Dampfer. Die einzigen Vorsichtsmaßregeln, welche ihnen zur Verhütung eines Zusammenstoßes zu Gebote stehen, sind das Nebelhorn und verlangsamtes Fahren mit halber Dampfkraft. Ob indes durch die letztere Maßregel die Gefahrchancen verringert werden, ob es sich nicht vielmehr (oder mindestens ebenso) empfiehlt, die volle Dampfkraft beizubehalten, um möglichst schnell aus der unsicheren, gefahrdrohenden Region herauszukommen, das ist eine Frage, die wohl kaum endgültig zu entscheiden ist, da in der Praxis Glück und Zufall eine zu große Rolle spielen.

Dienstag, 4. Juli. Hatte sich die Natur gestern in ihr häßlichstes Gewand gehüllt, so zeigte sie sich heute strahlend im herrlichsten Festkleid.

Überall, auf dem Meere, in der Luft, schimmernde Klarheit, erquickende Ruhe. Majestätisch rollten die langen, flachen Wogen dahin, in ihnen spiegelte sich die helle, leuchtende Sonne, das blaue, wolkenlose Firma-

ment . . . Es freute sich, wer da atmete im rosigen
Licht! —

Gegen Abend änderte sich die Scene mit einem
Male. Wir gerieten wieder in Nebel. Dichte Schleier
sanken nieder und verhüllten Himmel und Meer. Wieder
erscholl in kurzen Zwischenräumen das Nebelhorn und
brachte einen gar häßlichen Mißton in die patriotische
Feier der an Bord befindlichen Amerikaner, welche
unten im Speisesaal mit langen Reden und Vorträgen
das Fest ihrer Unabhängigkeitserklärung (4. Juli 1776)
begingen.

Wohl die halbe Nacht hindurch stöhnte die Lärm-
pfeife. Wir ließen uns jedoch durch das unfreundliche
Geräusch nicht weiter stören und schliefen ruhig dabei
ein: „die Gewohnheit hatte es uns zu einer leichten
Sache gemacht,“ um mit Horatio zu sprechen.

Als wir erwachten, lachte der Morgen unbenebelt
und sonnenhell zu uns herein. Schon um 4 Uhr war
der amerikanische Lotse an Bord gekommen. So scharf
ist die Konkurrenz der Newyorker Lotsen, daß sie
hunderte von Meilen weit — in unserem Falle waren
es über 300 Meilen — den Dampfern entgegenfahren.

Dieser letzte Tag unserer Seereise verging sehr
rasch, die fröhlichste Stimmung herrschte auf Deck und
im Speisesaal, wo auch wir uns wieder zu „lunch“
und „dinner“ einfanden, trotzdem die See sich keineswegs
besonders ruhig verhielt. Man hatte sogar auf die
Speisetafeln die sogenannten „Rahmen“ eingestellt,
Vorrichtungen, welche bei den Bewegungen des Schiffes

das Hin= und Herrutschen der Teller, Flaschen und
Gläser verhindern. Aber das alles genierte uns nicht
mehr. Die Nähe des Landes wirkte bereits ihre Wunder.
Gegen 6 Uhr abends erblickten wir die ersten Streifen
Land — Fire Island mit seinem großen Leuchtturm.

Zwei Stunden später zog ein mächtiges Ge=
witter auf. Effektvoller konnte unsere Seefahrt nicht
abschließen! Blendende Blitze zuckten durch die herein=
sinkende Nacht, wie glühendes Riesengeäder erschienen
sie am schwarzumwölkten Antlitz des Himmels, die
Donner krachten, der Wind heulte dazwischen, der Regen
prasselte in Strömen hernieder — doch trotz der im=
posanten Schönheit des Schauspiels atmeten wir alle
erleichtert auf, als wir das Schlachtfeld der Elemente
glücklich durchmessen hatten, als die Wolken sich lichteten
und einzelne Sterne wieder sichtbar wurden.

Um 9 Uhr passierten wir den Leuchtturm von Sandy
Hook und gelangten durch den Gedney=Kanal in die
Lower Bay of New=York, welche links von der bewal=
deten Küste von Staten Island, rechts von Long Island
mit seinen Seebädern begrenzt wird. Langsam steuerten
wir weiter durch die Narrows, den befestigten Eingang
der eigentlichen Bai von New=York, da rasselte der
Anker nieder, und festgebannt, regungslos ruhte unser
Schiff auf den leise plätschernden Wellen. Wie wohl=
thuend war diese Ruhe!

Wie beglückend das Gefühl, wieder der Welt zu
gehören! Laue, balsamische Lüfte wehten vom nahen
Staten Island herüber, wir sogen sie ein mit unbe=

schreiblicher Wonne; endlich, endlich wieder Erdluft und Waldesodem!

Vor uns in der Ferne stieg aus der Bai das größte Bildwerk der Welt, die Freiheitsstatue mit ihren elektrischen Leuchten zum nächtlichen Himmel empor, und dahinter in weitem Umkreis dehnte sich die Riesenstadt mit ihrem Lichtermeer, aus dem die erleuchtete Kuppel des „World“-Palastes und die imposanten Laternen- reihen der großen Brücke von New-York—Brooklyn be- sonders deutlich hervortraten.

Fernher tönte zuweilen der dumpfe, melancholische Pfiff der Dampffähren, welche den Hafen nach allen Richtungen hin durchkreuzten.

Mit erregten Sinnen schauten wir lange Zeit hin- über nach der schimmernden Weltstadt, die wir erst am kommenden Morgen betreten sollten.

II.

Drei Tage in New-York.

Broadway. — Die Brooklynbrücke. — Ein dramatischer Kunst-schütze. — Die Hochbahn. — Der Centralpark. — Ausflug nach Dobbs Ferry am Hudson. — Ein Gummibaumwald. — Bei Carl Schurz.

Donnerstag, 6. Juli. Schon vor 6 Uhr früh entstiegen wir zum letzten Mal unsern Kojen. Der Arzt des New-Yorker Gesundheitsamtes kam an Bord. Mit ihm kommen die Passagiere nicht in Berührung, wohl aber mit den Zollbeamten, die sich an den langen Tafeln des Speisesaales niederlassen und jedem Passagier der Reihe nach ein Formular einhändigen, auf welchem er alle zollpflichtigen Artikel seines Reise-gepäcks genau und an Eides Statt zu deklarieren hat.

Nachdem diese ziemlich langweilige Prozedur vorüber war, begaben wir uns wieder auf Deck und konnten nun in aller Ruhe — bei herrlichem Wetter — das schöne Schauspiel genießen, welches sich bei der weiteren Einfahrt in den Hafen entfaltet.

Zahllose Dampf- und Segelschiffe beleben das Wasser. Besonders auffallend sind die riesigen Dampffähren mit ihren hoch über dem Deck arbeitenden Balanciers.

Ganz nahe passieren wir Bedloes Island mit Bartholdis Kolossalstatue der Freiheitsgöttin, welche die französische Republik den Vereinigten Staaten zu ihrem hundertsten Geburtstag widmete. Rechts liegt Brooklyn, geradeaus in der Mitte New-York, zwischen beiden Städten die kolossale Verbindungsbrücke, die den Eastriver in kühnem Schwunge überspannt. Links von New-York durch den Hudson (North River) getrennt, liegt Jersey City. —

Beide Ufer des Hudson, in den wir nun ein-laufen, sind von einem Wald von Masten eingefaßt.

Um 8 Uhr erreichen wir den Landungsplatz des Norddeutschen Lloyd am rechten Ufer des Stromes, auf der New-Jerseyseite.

Wir sind zunächst in Hoboken.

Die wenigen Straßen, die wir bis zur Station der Dampffähre zu durchwandern haben, scheinen nur von „Müllers“ und „Meyers“ bewohnt zu sein. Auf mehr als einem Dutzend Geschäftsschildern lasen wir die beiden nicht ganz ungewöhnlichen Namen.

Das geräumige Fährboot befördert uns über den Hudson nach New-York. Im Belvederehotel, einem deutschen Haus, steigen wir ab. —

*   *   *

Jeder Fremde in New-York geht zuerst nach dem Broadway. Hier lernt er das Getriebe der Weltstadt gleich in seiner höchsten Entfaltung kennen.

Wir gingen also auch zunächst nach dem Broadway.

Diese große Heerstraße der Union hat eine Länge von fünf Meilen und ist in der That der Schauplatz eines unermeßlichen Verkehrs, der während der Geschäftsstunden um Mittag, namentlich zur Börsenzeit, geradezu sinnverwirrende Dimensionen annimmt.

Auf dem Trottoir wälzt sich ohne Unterbrechung ein breiter, dichter Menschenstrom unabsehbar dahin, die Fahrstraße wimmelt von zahllosen Fuhrwerken aller Art. Der Lärm ist jedoch, abgesehen von den schrillen Ausrufen der Zeitungsjungen, die wie die Wiesel kreuz und quer durch das Menschendickicht und das Wagengewirr huschen, im Verhältnis zu dem unglaublichen Gewühl nicht gerade betäubend zu nennen. Weit mehr als das Ohr wird hier meiner Empfindung nach das Auge in Mitleidenschaft gezogen, welches sich an das unablässige kaleidoskopartige Durcheinanderwogen kaum zu gewöhnen vermag.

Der Geruchsinn kommt — in dieser Jahreszeit — noch am besten weg, denn an allen Straßenecken befinden sich Obststände, deren herrliche Früchte einen wahrhaft erquickenden Duft ausströmen.

Wir kamen am Stadthaus, dem Gerichtshof, der Post-Office, der Börse, dem Zollamt, den kolossalen Palästen der „New-Yorker Staatszeitung“, der „World“, der „Tribune“, den gewaltigen Geschäftshäusern der Banken, Bahnen, des Großhandels und der Industrie vorbei. In einem der letzteren, ich glaube in Mills Building, werden, wie man uns sagte, täglich 14 bis

15 000 Personen von dem hydraulischen Aufzug, dem Elevator, hinauf= und hinunterbefördert.

Etwa eine Stunde lang trieben wir mit dem Menschenstrom des Broadway der Südspitze der Manhattaninsel zu und bogen endlich in die Wallstreet ein. Es ist die Geldstraße Amerikas, welche, aus= schließlich von den Palästen großer Versicherungs= anstalten und Bankinstitute gebildet, das „Nervencentrum des ganzen amerikanischen Geschäfts, der finanzielle Barometer des Landes" genannt wird.

Hier riecht es förmlich nach Millionen. Geld, Geld, Geld ist hier das Losungswort an allen Ecken und Enden. —

Bevor wir nach dem Hotel zurückkehrten, machten wir einen Abstecher nach der Brooklynbrücke.

Es ist die größte und längste Hängebrücke der Welt.

Der Bau dieses Wunderwerkes wurde 1870 von dem deutschen Ingenieur Roebling begonnen, mit einem Kostenaufwand von 15 Millionen Dollars (60 Millionen Mark) 1883 vollendet. Die Gesamtlänge der Brücke beträgt 1825 Meter, $1^1/_8$ Meile. Wir brauchten eine volle halbe Stunde, um sie zu Fuß zu überschreiten. Die ganz aus Stahl und Eisen bestehende Brücke ist an gigantische steinerne Pfeiler, welche sich bis zu 82 Meter über den Hochwasserstand erheben, mittelst vier 16zölliger Stahldrahtseile aufgehängt. Sie bietet Raum für zwei Bahngeleise, zwei Fahrstraßen und einen breiten erhöhten Fußweg in der Mitte. Von dieser Promenade hat man einen grandiosen Überblick

über das Häusermeer der beiden Riesenstädte und über
den Hudson (East River) mit seinem großartigen
Schiffsverkehr bis weit in die Bai hinaus.

*   *   *

Am Abend besuchten wir die Academy of Music.
„The scout (der Spion) — Wild West" wurde ge=
geben, ein Spektakelstück, in dessen Mittelpunkt
Dr. W. F. Carver, der Kunstschütze, stand, „the evil
spirit of the plains," der böse Geist der Prairie,
wie ihn der Zettel nannte. Alles was zu einem
richtigen Indianerstück gehörte, war hier vertreten:
Überfälle, Mädchenraub, Flucht, Verfolgung, furcht=
bares Gemetzel, Skalpieren, Lassowerfen 2c. 2c. In
jedem Akt knallten ein paar hundert Schüsse, Bühne
und Zuschauerraum waren zeitweilig in Pulverdampf
gehüllt. Für nervenschwache Leute war das kein
Kunstgenuß!
Einen der Haupteffekte bildete Carvers Ritt über
eine etwa 5 Meter hohe Holzbrücke, die unter Roß
und Reiter zusammenbricht. Das Pferd stürzt durch
den geborstenen Steg in den Fluß hinab, aus dem
es sich durch Schwimmen rettet, während der Reiter im
Sturz das Geländer der Brücke erfaßt und oben in
schwebender Pein hängen bleibt. Wie der Zettel aus=
drücklich zur Beruhigung der überaus tierfreundlichen
Amerikaner betonte, wurde das Pferd nur durch „Güte
und Zucker", ohne Anwendung der Peitsche, auf dieses
Bravourstück dressiert. Tausendstimmiges Hurrahrufen

2*

und gellendes Beifallspfeifen erfüllte das Haus nach
der sensationellen Scene. Carver sprach und spielte
seine umfangreiche Rolle mit schauspielerischer Ge-
wandtheit, er schoß natürlich den Vogel ab, was in
diesem Fall ganz wörtlich zu nehmen ist, da ihm das
Stück, welches er sich selbst „auf den Leib" geschrieben,
reichliche Gelegenheit bot, seine erstaunliche Schießkunst
zu bewähren. In einem der Akte stellte die Bühne
eine Schenke vor. Im Hintergrund befand sich ein
offener Schrank, in welchem auf drei Regalen etwa
vierundzwanzig kleine Flaschen dicht nebeneinander
standen. Carver saß ganz vorn an einem Tisch und
schoß von hier aus mit unglaublicher Geschwindigkeit
alle vierundzwanzig Fläschchen der Reihe nach aus
dem Schrank. Leuten, welche an den Nebentischen
Karten spielten, schoß er die einzelnen Blätter aus den
Händen, die Hüte vom Kopf, und nebenbei umstrickte
er mit geschickten Lassowürfen ganz entfernt stehende
Personen. Als die Scene einen Wald vorstellte, gab
er einem Indianerstamm eine Probe seiner Kunst,
indem er ein Stück Papier an einen Baum heftete
und dann mit dem Rücken gegen das Ziel gewendet,
die Flinte über die Schulter nach hinten legend, mittels
eines kleinen Spiegels etwa 20 Ladungen so dicht auf
einen Fleck zusammenschoß, daß zwischen den Schuß-
löchern nicht eine Linie des weißen Papiers sichtbar
war.

Nach Beendigung der Vorstellung defilierten sämt-
liche Mitwirkende — ein paar hundert Personen —

im Gänsemarsch vor dem geschlossenen Vorhang vor=
über. Die Darsteller der Hauptrollen, vor allen
Carver, wurden natürlich bei dieser Gelegenheit durch
Beifallsstürme, durch ohrenbetäubendes — Pfeifen aus=
gezeichnet.

Ziemlich erschöpft verließen wir den Kunsttempel,
oder vielmehr die Schießstätte, und erholungsbedürftig
eilten wir in ein deutsches Bierhaus, wo wir den Abend
gemütlich beschlossen.

Freitag, 7. Juli. Wir machen eine große Tour
mit der Hochbahn.

Der Verkehr auf dieser Stadtbahn, welche mit
vier Strängen die ganze Länge der ungeheuren Stadt,
eine Strecke von etwa zwei deutschen Meilen, durch=
zieht, spottet, besonders während der Geschäftsstunden,
jeder Beschreibung. Die Züge folgen sich in dieser
Zeit fast ohne Unterbrechung, und alle sind sie über=
füllt. Über 200 Millionen Menschen werden jährlich
befördert.

Wir fuhren von der 18. bis zur 116. Straße.
Die von schmucklosen eisernen Pfeilern getragenen Via=
dukte, die der Stadt nicht gerade zur Zierde gereichen,
ziehen sich im allgemeinen in der Höhe des ersten
Stockes der Häuser hin. Bei der 110. Straße aber
erreichen sie eine Höhe von über zwanzig Metern,
wobei sie in unheimlich scharfen Kurven von einer
Avenue zur andern hinüberbiegen.

Auf der Station der 116. Straße verließen wir
den Zug und stiegen, ohne ein neues Billet lösen zu

müssen, alsbald in einen der zurückfahrenden Züge,
der uns in etwa 40 Minuten wieder in die Nähe
unseres Hotels brachte.

Der Fahrpreis für die ganze Tour hin und zurück
betrug 5 Cents. —

*　　*　　*

Am Nachmittag bummelten wir durch New-Yorks
vornehmste Straße, die fünfte Avenue. Hier wohnt
die Geldaristokratie. Ihre Prachtpaläste sind meist
pomphaft überladen, anspruchsvoll. Reizend sind die
kleinen Vorgärten mit ihren duftigen Büschen, fein-
blättrigen Schlingpflanzen und koketten Rasenplätzchen.
Aus dieser Straße des Reichtums und des Komforts
sind die Geschäfte verbannt, dafür giebt es hier eine
überraschend große Anzahl von Kirchen. Die meisten
derselben sind klein, architektonisch ziemlich unbedeutend;
von hervorragender Schönheit jedoch ist die im gotischen
Stil ganz aus weißem Marmor erbaute katholische
St. Patricks-Kathedrale. —

Von hier erreicht man in wenigen Minuten den
großen Erholungsort New-Yorks, den Centralpark.
Echt amerikanische Thatkraft und Ausdauer haben hier
den Boden, der ursprünglich aus Sumpf und Fels bestand, in einen der schönsten Parke der Welt umge-
wandelt. Er umfaßt ein Areal von 335 ha, mißt
2½ Meilen (engl.) in der Länge und ist eine halbe
Meile breit. Die wundervollen, an prächtigen Baum-
gruppen, lauschigen Bosketts, lieblichen Wiesengründen

und malerischen Seen reichen Anlagen bilden die
Zierde und den Stolz der Weltstadt am Hudson.

The Mall, eine von majestätischen Ulmen gebildete
Allee, ist mit zahlreichen Bildwerken und Denkmälern
geschmückt. Darunter befinden sich Bronzestatuen von
Walter Scott, Goethe, Beethoven, Alexander von Hum=
boldt. Demnächst soll hier auch ein Heinedenkmal er=
richtet werden — wenn nämlich nichts dazwischen
kommt! . . . . . .

Sonnabend, 8. Juli. Mit einer größeren Gesell=
schaft deutscher Herren, die als Gäste Henry Villards,
des Begründers der Northern Pacificbahn, nach
Amerika gekommen waren, um die Ausstellung in
Chicago zu besuchen, machten wir einen Ausflug nach
Dobbs Ferry am Hudson. Herr Villard befand sich
augenblicklich auf Reisen; sein Sekretär hatte die Füh=
rung der Partie übernommen.

Der Zug, den wir benutzten, war ein Lokalzug
und besaß als solcher nur eine Wagenklasse: sehr
lange „cars", deren jeder 60—70 bequeme Sitzplätze
enthielt. Die berühmten amerikanischen Luxuswagen
sollte ich erst am folgenden Tage kennen lernen.

Wir durcheilten zunächst den Park Avenue=Tunnel,
überschritten den Harlem und erreichten bei Spuyten
Duyvil den Hudson, den mächtigen Strom, den Hesse=
Wartegg mit den treffenden Worten kennzeichnet: „Der
Hudson ist in der Geschichte der Nil, in der Bedeutung
die Themse, in Wassermasse die Donau, in Schönheit
der Rhein." — Seine Ufer bestehen aus schön be=

waldeten, sanft gewellten Bergen und prangen in jenem üppigen Grün, welches der amerikanischen Land= schaft so eigentümlich ist. Wir fuhren unmittelbar am Strom entlang mit beständiger Aussicht auf die sogenannten Pallisaden, einen merkwürdigen Rücken säulenförmiger Basaltfelsen, die sich am gegenüber= liegenden Ufer mehrere Meilen weit hinziehen.

Nach etwa einstündiger Fahrt kamen wir in Dobbs Ferry an. Hier wurden wir von mehreren eleganten 6—8sitzigen, den bei uns üblichen Jagdwagen ähnlichen Equipagen aufgenommen, und in fröhlichster Stimmung, ganz dem Reiz der schönen Landschaft hin= gegeben, rollten wir auf sanft ansteigenden Waldwegen bergan.

Mitten im dichten Laubwald behauptete mein Sitznachbar plötzlich, einen auffallenden Gummigeruch zu bemerken. Von den anderen Insassen unseres Wagens wurde dieselbe Wahrnehmung gemacht und mit ziemlicher Bestimmtheit die Vermutung ausge= sprochen, es müßten sich Gummibäume in der Nähe befinden! — Ich amüsierte mich im stillen über diesen ganz unerwarteten Effekt, den einzig und allein — mein Gummimantel hervorgerufen hatte, der über der Rücklehne meines Sitzes hing. Ich wahrte sein In= kognito, und meine Landsleute blieben in dem stolzen Glauben, amerikanische (!) Gummibäume ganz in der Nähe — gerochen zu haben. —

Auf bewaldeter Anhöhe mit wundervollem Ausblick auf den fernen Strom, über dessen Gewässern ein

zarter, goldig schimmernder Dunst schwebte, liegt Villards
Landhaus.

Nach Besichtigung der reizenden Anlagen, von
denen das freundliche, in vornehm einfachem Geschmack
gehaltene Gebäude umgeben ist, setzten wir uns zum
Lunch. Mehrere Reden, welche den abwesenden
Herrn des Hauses feierten, wurden gehalten, natürlich
befand sich auch ein Photograph unter uns, der ein
Gruppenbild aufnahm, das Herrn Villard in Chicago
überreicht werden sollte.

Um 3 Uhr fuhren die Wagen wieder vor, und
weiter gings durch prächtige Waldungen nach des
amerikanischen Krösus Jay Gould Landsitz oder „Platz",
wie die Amerikaner sagen, hierauf bergab nach Sunny=
side, dem überaus reizend am Hudson liegenden Land=
haus des Dichters Washington Irving. Der Epheu,
welcher das Dichterheim umrankt, stammt von einem
Reis her, das Irving von Walter Scott geschenkt erhielt.

Dann weiter bergauf zu dem hoch im Walde
gelegenen Sommersitz von Karl Schurz.

Der berühmte Staatsmann empfing die ihn so
unversehens überfallende Rotte an der Schwelle seines
Landhauses in überaus liebenswürdiger Weise, führte
uns in sein Studierzimmer, wo wir von den Damen
des Hauses mit Rheinwein bewirtet wurden. Einer
der deutschen Herren feierte den „berühmtesten deutschen
Mann Amerikas" in einer warmen Ansprache, welche
dieser in einer kurzen, glänzenden Rede erwiderte.
Dann erfolgte draußen auf der Veranda das unaus=

bleibliche photographische Attentat, eine Gruppenauf=
nahme, worauf wir mit herzlichem Händedruck verab=
schiedet wurden. Wir fuhren ab. Ein mächtiges Ge=
witter drohte am Himmel und eben, als wir nach
etwa einstündiger Fahrt die Station Tarrytown er=
reichten, brach es mit donnernder Gewalt los und be=
gleitete uns auf der Rückfahrt nach New=York. Mäch=
tige Bäume wurden vom Sturm und Blitz nieder=
geschmettert. Wir kamen glücklicherweise ohne Unfall
davon, während ein Zug auf dem andern Geleise von
einem über die Schienen gestürzten Baum aufgehalten
worden war. Die gespaltenen Äste desselben schienen
in die Maschine des Zuges förmlich hineingewachsen
zu sein.

Um 7 Uhr langten wir in New=York an und
blieben den Abend im Hotel.

III.

Am Niagara.

Längs des Delaware und Susquehanna. — Buffalo. — Die donnernden Wasser. — Die Tochter des Gischts. — Die Rapids.

Sonntag, 9. Juli. Um 9 Uhr vormittags traten wir die Reise nach dem Westen an, unserem ersten Ziel, dem Niagara, entgegen.

Die Dampffähre beförderte uns nach der New-Jersey-Küste, zum Bahnhof der Lake-Erie and Western Railroad.

Wir bestiegen zum erstenmal einen jener prächtigen Pullmannschen Salonwagen, die mit großartigem Luxus ausgestattet sind. Die Holzarbeiten, die Polsterstoffe, das Metallwerk, die Spiegel sind von außerordentlicher Eleganz, von unübertrefflicher Solidität. Ganz besonders geschmackvoll, in den zartesten Farben ausgeführt, ist die Deckendekoration, welche durch das von einer Doppelreihe von Ventilatoren eingelassene Licht beschienen wird.

Nachdem ein farbiger Diener unsere Handtaschen in Empfang genommen, machten wir es uns bequem auf den breiten, behaglichen Fauteuils, die durch einen

leisen Druck des Körpers nach jeder beliebigen Rich=
tung verstellbar waren. Der Tag war wundervoll.
Die Morgensonne drang durch die seidenen Fenster=
drapierungen und ließ die prächtige Einrichtung unseres
rollenden Salons im glänzendsten Licht er=
scheinen.

Der Zug hatte sich ganz allmählich, fast lautlos
in Bewegung gesetzt, und nun gehörte unsere ganze
Aufmerksamkeit dem Lande, das wir in nordwestlicher
Richtung durcheilten.

Die Gegend, anfangs ziemlich einförmig, gewann
bald an Reiz, als uns der Schienenweg die Shawan=
gunk Range, einen nördlichen Ausläufer des Alleghany=
Gebirges hinanführte. Üppiger Laubwald, schlankes
Nadelholz, dazwischen trotzig aufragende Felswände.
Dann hinab in das vielgewundene Thal des Dela=
ware mit seinen waldumschatteten Ufern, seinen zahl=
reichen lieblich grünenden Eilanden. Wohl mehrere
Stunden fuhren wir an dem rauschenden Fluß entlang.
Nachdem wir ihn endlich verlassen und abermals einen
Bergrücken überstiegen hatten, traten wir in eine gleich
malerische, überaus poetische Flußlandschaft ein, in die
des Susquehanna.

Wer denkt nicht bei den Namen Delaware und
Susquehanna, beim Anblick der wald= und bergum=
schlossenen Thäler, welche die beiden Gewässer durch=
strömen, an Coopers treffliche Schilderungen! Es ist
der klassische Boden der ersten Begegnungen zwischen
den weißen Männern und den Rothäuten.

Gegen 11 Uhr nachts erreichten wir Buffalo, wo wir eine halbe Stunde bis zum Abgang des Zuges nach Niagarafalls zu warten hatten. Unsere Mahlzeiten hatten wir während der Fahrt in dem prächtigen Restaurationswagen eingenommen, wo die Speisen von schwarzen Kellnern in weißen Röcken und Schürzen auf silbernen Schüsseln serviert wurden, und darauf ein gemütliches Stündchen im Rauchzimmer verbracht, einem kleinen behaglichen Raum mit bequemen Lehnstühlen und Sofas, mit Tischchen, Bücherregalen und — Spucknäpfen, welch letztere freilich, solange wir drei Nicht-Amerikaner allein waren, ihren Beruf gänzlich verfehlten. —

Buffalo ist die drittgrößte Stadt des Staates New-York. Sie liegt am Ostende des Erie-Sees an der Mündung des Buffalo= und dem Ausfluß des Niagara=River. Im Jahre 1791 ließen sich hier die ersten weißen Männer nieder. Sie tauften ihre Ansiedelung nach den Büffelherden, welche den hier in den See mündenden kleinen Fluß (creek) aufsuchten.

Die Fahrt von Buffalo bis Niagarafalls dauert eine halbe Stunde. Um Mitternacht langten wir in dem berühmten Städtchen an. Ein Hotel-Omnibus brachte uns durch finstere, holperige Straßen nach dem Hotel Kaltenbach, welches am Fluß oberhalb der Fälle liegt.

Dumpfes Tosen und Rauschen verkündete die Nähe des Wunders, das wir am kommenden Tage in seiner ganzen Macht und Herrlichkeit schauen sollten.

Montag, 10. Juli. Früh am Morgen eilten wir in gehobener Stimmung aus dem Hotel dem Gewaltigen entgegen. Der Weg führte uns zunächst am Fluß entlang, dann durch den schönen Prospekt=Park. Immer näher, immer mächtiger hallte der Donner der Wasser an unser Ohr. Und als wir aus dem Schatten der Bäume traten, lag mit einem Male das überwältigende Schauspiel vor uns. Wir standen, durch eine Steinmauer geschützt, am Rande des amerikanischen Falles, und von ehrfurchtsvollem Grauen erfüllt, keines Wortes mächtig, sahen wir unmittelbar neben uns den ungeheuren 1000 Fuß breiten Wasserschwall wildtosend unaufhaltsam in die Tiefe rasen. Und weiter drüben, durch die liebliche Ziegeninsel (Goat Island) vom amerikanischen Fall getrennt, brauste in gewaltiger Rundung — 2600 Fuß breit — der kanadische Hufeisenfall in die felsige Schlucht hinab, eine schauerlich wilde, wirbelnde, schäumende Sturzflut, die nicht etwa durch ihre Höhe, welche im Vergleich zu der des Yellowstone= oder gar des Yosemite=Falles keineswegs bedeutend ist, sondern einzig und allein durch ihre ungeheuerliche Masse einen so sinnverwirrenden, unvergeßlichen Eindruck macht. Mit gewaltigem Gischt, wie in rasender Wut über den furchtbaren Sturz, tosen und sprühen die Fluten noch einmal in wildester Auflösung aus dem Abgrund empor. Der aufgewirbelte Wasserstaub ballt sich zu Wolken zusammen, die sich hoch über uns in die blauen Lüfte erheben und weit über das Land dahinsegeln.

Ein Inclined Railway, das ist ein steilabfallender Schienenweg, auf welchem ein vielsitziger Waggon durch Maschinenkraft auf- und niedergezogen wird, führte uns zu den Felsen unterhalb des amerikanischen Falles und zur Landungsbrücke des kleinen Dampfers „Maid of the Mist", der Tochter des Gischts, die eben zur Fahrt bereit lag. Wir erhielten wasserdichte Kleidung, lange schwarze Mäntel mit Kapuzen und begaben uns, mittelalterlichen Vehmrichtern gleichend, auf Deck. Mit unerhörter Kühnheit dampfte nun das winzige Fahrzeug hart an dem amerikanischen Falle vorbei bis hinauf in die furchtbare Nähe der schäumenden Riesenwände des Hufeisenfalles.

Wie tausend Schlangen zischten die klafterhoch aufwirbelnden Schaumwogen empor, und das Schiff wurde herumgeworfen wie eine Nußschale.

Von unten gesehen wirkt der Herabsturz der ungeheuren Wassermassen womöglich noch überwältigender. Von ganzen Wolken zerstäubender Fluten umsprüht, weideten wir uns mit Schaudern und Entzücken an dieser grausen Orgie der Gewässer, hörten wir hoch über uns das Donnern und Brausen und tief unten das Zischen, Tosen und Grollen des aufgeregten Elementes.

Vollkommen eingehüllt war man von den spritzenden, sprühenden und stäubenden Nebeln, die zuweilen so dicht wurden, daß man kaum fünf Fuß weit sehen konnte, und daß das Verdeck des kleinen Dampfers manchmal so vollständig verschleiert war, daß man gerade nur den nächsten zu sehen vermochte, bei dem man eben stand.

Das war eigentlich keine Fahrt auf dem Wasser, sondern mitten drin. Oben und unten, links und rechts, hinten und vorn nichts als Wasser und gerade nur Luft genug, um nicht zu ertrinken! —

Hart an der Grenze zwischen Tod und Leben machte das kühne Schifflein unter mächtigem Schwanken Kehrt, enteilte vergnügt auf den Wellen tanzend dem Bereich des Verderbens und setzte uns an der kanadischen Seite, unserm Ausgangspunkt gegenüber, wohlbehalten ans Land.

Wir kletterten nun auf steilem Pfade hinauf zum Nationalpark, dem Park der Königin Viktoria, der sich über zwei Meilen weit am Fluß hinzieht. Immer die Fälle vor Augen gingen wir — nunmehr auf eng- lischem Boden — den schönen Parkweg am Rande der Niagara-Schlucht entlang zum Inspiration Point und weiter bis zum Table Rock, einem Aussichtspunkt, dessen Name von einer überhängenden Felsplatte herrührt, welche im Jahre 1850 in die Tiefe sank.

Von hier aus ist der Anblick der Hufeisenfälle, der Blick in dieses wildaufkochende, brausende, donnernde Dampf- und Wasser-Chaos von unbeschreib- licher Großartigkeit.

Am Nachmittag sahen wir hier herrliche, breite Regenbogen, welche die wasserstauberfüllten Abgründe zauberhaft überbrückten.

„So bleibe denn die Sonne mir im Rücken.
Der Wassersturz, das Felsenriff durchbrausend,
Ihn schau' ich an mit wachsendem Entzücken.
Von Sturz zu Sturzen wälzt er jetzt in tausend,
Dann abertausend Strömen sich ergießend,
Hoch in die Lüfte Schaum an Schäume sausend.
Allein wie herrlich, diesem Sturm ersprießend,
Wölbt sich des bunten Bogens Wechseldauer,
Bald rein gezeichnet, bald in Luft zerfließend,
Umher verbreitend duftig kühle Schauer." —

Unweit des Table=Rock befindet sich ein Ele=
vator, durch den wir uns nach der Tiefe befördern
ließen. Hart an den Felswänden, in etwa halber
Höhe über dem Flußniveau, führt ein schmaler Pfad
nach einem in die Felsen gebohrten Tunnel.

Wir traten ein und durchschritten den von Öl=
lampen spärlich erleuchteten Schacht, der eine Kurve
bildend sich nach außen hin wieder öffnet, und zwar
mitten in der schroffen Felswand, über die ein Teil
der kanadischen Fälle hinabstürzt. Durch dieses Felsen=
thor, welches ein Eisengeländer abschließt, sahen wir
nun die Rückseite des ungeheuren Wasserschwalles, der
unmittelbar vor uns, gleich einem gewaltigen Vorhang,
herabwallte. Das Felseninnere erbebte fortwährend
unter der Wucht der niederdonnernden Fluten.

Wir strebten wieder ans Licht, kletterten weiter
unten noch eine Weile auf den Riesenblöcken umher,
zu denen aus der Tiefe der Gischt des aufgewühlten
Stromes emporschäumt und kehrten endlich zu dem
schlanken Eisengerüst zurück, in welchem alsbald der
Elevator mit uns wieder in die Höhe lief.

Den Rückweg nach der amerikanischen Seite nahmen wir über die Hängebrücke, welche die Schlucht etwa 200 Meter unterhalb der Fälle überspannt, und eilten nach dem Hotel zum Mittagessen. Diese Mahlzeit, bei der uns ein echter Wiener Kellner mit unverfälschtem Dialekt bediente, ist besonderer Erwähnung wert, denn sie war eine der sehr wenigen, nach unsern Begriffen wirklich geschmackvoll zubereiteten, deren wir uns auf der weiten Reise zu erfreuen hatten.

Nach dem Essen wanderten wir wieder durch den Prospekt=Park über die Hängebrücke nach dem unvergleichlichen Table=Rock=Punkt, wo wir über eine Stunde in schweigender Bewunderung des majestätischen Schauspiels verharrten.

Mit der „Maid of the Mist" kehrten wir hierauf nach der amerikanischen Seite zurück und ließen uns per Drahtseil zum Prospekt=Park hinaufbefördern. Den Parkweg verfolgend gelangten wir zur Goat=Island=Brücke, auf der wir den rechten Flußarm oberhalb des amerikanischen Falles überschritten. Von hier bot sich ein wundervoller Blick auf die oberen Stromschnellen. Auf schönen, dunkelschattigen Waldwegen, immer begleitet von dem Rauschen des Stromes, dem Donner der Fälle, durchwanderten wir hierauf die Ziegeninsel, dieses friedliche Stückchen Erde inmitten der tosenden Wassergewalten, und erreichten endlich den Terrapin=Rock hart am Rande des Hufeisenfalles. Ungebrochen, schaumlos stürzt an dieser

Stelle der Strom über die Felswand, in mächtigen
Strähnen von dunkel= und hellgrüner Färbung.

Zum Festland wieder zurückgekehrt, mieteten wir
einen kleinen Wagen und fuhren nach den Whirlpool
Rapids, den unteren Stromschnellen, welche etwa $2^1/_2$
Meilen (engl.) von den Fällen entfernt sind. Zwischen
diesen und den Rapids überspannen außer der schon
erwähnten Hängebrücke für Fußgänger und Wagen
noch zwei Eisenbahnbrücken, etwa hundert Meter von=
einander entfernt, den Strom.

Ein Inclined Railway führte uns in die Schlucht
hinab bis an den Rand der furchtbaren Wirbelfluten.

Die Felsenwände der Niagaraschlucht sind hier
plötzlich näher aneinander gerückt und steigen schroff,
fast senkrecht empor. Dem Strom wird sein Bett zu
enge. Er bäumt sich in rasender Wildheit auf. Die
ungeheure Wassermasse nimmt thatsächlich eine konvexe
Form an, sie ist in der Mitte 20—25 Fuß höher als
an den Rändern. Der Aufruhr der aus der Tiefe
aufgepeitschten Fluten, die gleich Meereswogen mit
weißschäumenden Kämmen sich übereinander türmen,
sich überstürzen, in rasenden Wirbeln umeinander jagen,
das Heulen und Tosen all dieser wildentfesselten Ge=
walten ist wahrhaft grauenerregend.

Kapitän Webb versuchte im Jahr 1883, diese
Wirbel zu durchschwimmen. Er verlor bei dem toll=
kühnen Wagnis sein Leben.

Blondin hat die Schlucht oberhalb der Rapids
auf dem Seil überschritten.

3*

Mit Einbruch der Dunkelheit fuhren wir nach Niagarafalls zurück.

Lange saßen wir noch draußen auf der Veranda des Hotels und lauschten dem fernen Donner der Wasser, tief ergriffen und ganz erfüllt von den mächtigen, unvergänglichen Eindrücken dieses herrlichen Tages.

———

IV

Chicago.

Das Auditorium. — Im Flug durch die Weltausstellung. —
Ankunft des Vikingerschiffes von Norwegen. — Midway
Plaisance, der Vergnügungspark.

Um Mitternacht traten wir die Reise nach Chicago
an. Wir fuhren zunächst mit dem Omnibus nach dem
Bahnhof, von da mit einem Lokalzug über die Hängebrücke bis zur Station Suspensionbridge. Hier hatten
wir das traurige Los, drei volle Stunden auf den
verspäteten Zug nach Chicago warten zu müssen und
zwar in einem Warteraum, der seinem Namen auch
insofern alle Ehre machte, als die hier massenhaft an-
sässigen Insekten nur darauf zu warten schienen, bis
ein müder Menschenleib sich ahnungslos in ihrer Mitte
niederließ, um sofort mit vereinten Kräften über ihn
herzufallen, jeden leisesten Schlafversuch grausam ver-
eitelnd. Und dennoch, so unbegreiflich es unter solchen
Umständen war, — lagen ein paar interessante Gestalten aus dem Volke ausgestreckt auf dem Boden in
festem Schlaf und schnarchten! — Andere, die nicht so
unempfindlich oder widerstandsfähig sein mochten, ver-

trieben sich die Zeit mit Tabakkauen und — Spucken.
Sie leisteten darin Übermenschliches! In kurzer Zeit
glich der ganze Fußboden ringsum einer Sumpfland=
schaft. — Da flüchteten wir ins Freie! — Und als
unser Zug bei Morgengrauen endlich kam, wie bitter
wurden wir enttäuscht in unserer Hoffnung, nun Be=
quemlichkeit, Ruhe und Schlaf zu finden! Kein
Schlafwagenplatz war mehr zu haben. Wir wurden in
einem der gewöhnlichen Wagen untergebracht, welche
zwar im Vergleich mit den niederen Fahrklassen der
europäischen Bahnen immer noch ganz komfortabel
eingerichtet sind, wo es aber in der Nacht kein be=
quemes Ausstrecken der müden Glieder, und am Tage
keine Verbindung mit den Speisewagen giebt, die nur
den bevorzugten Insassen der Pullmannschen Schlaf=
und Salonwagen offenstehen. Die Reisenden, welche
diese gewöhnlichen Wagen benützen, führen ihre leib=
liche Nahrung in wohlgefüllten Körben mit sich.
Ihren Durst löschen sie aus dem in keinem ameri=
kanischen Wagen fehlenden großen Eiswasserbehälter.

In welch eine Gesellschaft waren wir geraten!
Hier in Kanada, wo, wie Freund Meyer sich ausdrückte,
die Welt nach Norden hin schon bald aufhört! Körbe
voll lebender Hühner, eine Menge kleiner Kinder, die
in dem langen durchgängigen Wagen in schreiende
Korrespondenz miteinander traten, — das war unsere
Reisebegleitung bis Chicago!

Diese martervolle Fahrt von 17 Stunden bot
auch landschaftlich wenig Erhebendes. Wir berührten

den Ontario-See bei Hamilton und später den Huron-
See bei Sarnia. Hier verließen wir Kanada und
schlüpften durch eine gußeiserne Röhre unter dem
St.-Clair-Fluß, der den Huron- mit dem Erie-See verbindet, in den Staat Michigan. Die Röhre hat sechs
Meter inneren Durchmesser und ist über eine Meile
lang. Der längste Unterflußtunnel der Welt! — Bisher hatten wir östliche Zeit. Von nun ab galt die
mittlere Zeit, wir waren also plötzlich um eine Stunde
früher dran.

Um 8 Uhr abends, als meine Uhr, welche der
Berliner Zeit treu geblieben, 3 Uhr morgens zeigte,
langten wir in Chicago an. Eine trübe, undurchdring-
liche Dunsthülle, die schon aus weiter Ferne sichtbar
war, lagerte über dem Michigan-See und der Riesenstadt.

Wir stiegen im Auditorium ab, einem mächtigen,
zehnstöckigen, mit einem Turm gekrönten Gebäude, das
außer dem luxuriös eingerichteten Hotel ein großes
prächtiges Theater, eine Konzerthalle und zahlreiche
Kaufläden umfaßt. Ich bezog ein schönes Zimmer —
Nr. 662, im 6. Stockwerk — mit Badekabinett und
elektrischer Beleuchtung. Man kommt und geht, oder
vielmehr man steigt und sinkt ausschließlich mit dem
Elevator. Treppen existieren nur als Nottreppen im
Falle der Feuersgefahr. Der Preis für mein Appar-
tement betrug, die drei Mahlzeiten mit einbegriffen,
sieben Dollars.

Mittwoch, 12. Juli. Völlig ausgeruht von den
Strapazen des vorigen Tages, machten wir am Vor-

mittag einen Spaziergang durch die Straßen, die ein ungeheurer Verkehr von Wagen und Menschen belebte. Der Tag war sehr heiß, düsterer Qualm lag über dem Häusermeer. Wir besuchten den kolossalen Masonic Temple, ein Geschäftshaus mit 21 Stockwerken. Einer der zahlreichen Aufzüge hob uns nach dem unter dem Dach befindlichen Observatorium, von dem aus wir einen groß=artigen Überblick über die Stadt und den See gewannen.

Nach einem Besuch im Schillertheater, im deutschen Konsulat, im Court=House — einem ungeheuren Doppel=bau im französischen Renaissancestil — kehrten wir ins Hotel zurück und nahmen den Lunch in dem hoch=eleganten, im zehnten Stockwerk gelegenen Speisesaal. Die Bedienung bei Tisch wird in allen amerikanischen Hotels, mit wenigen Ausnahmen, von Farbigen besorgt. Es war unterhaltend zu beobachten, mit welcher Würde die schwarzen Gesellen ihres Amtes walteten. Mit gedankenschwerer Miene, als gälte es die schwierigsten Probleme zu lösen, nahmen sie unsere Aufträge ent=gegen, mit feierlichem Ernst und unnachahmlichem Elan — „Wuppdich" nennt es der Berliner — prak=tizierten sie die Schüsseln und Teller vor uns hin und nur, wenn wir ihnen nach alter europäischer Ge=wohnheit, die sich übrigens auch schon in Amerika ziemlich allgemein eingebürgert hat, ein kleines Trink=geld zuschoben, verzogen sie ihre wulstigen Lippen zu einem anmutigen Grinsen.

Was die Küche betrifft, so machten wir später in fast allen Hotels, in die uns unsere Reise führte, dieselbe Erfahrung, wie hier: ein überaus reichhaltiges Menu, aber verzweifelt wenig, was unserm Geschmack zusagt. Fleisch und Gemüse entsetzlich schal und nüchtern, wenn man nicht die kalten scharfen Saucen dazu that; vortrefflich nur das Eis und die Früchte. Meist verging uns der Appetit schon bei der Suppe.

Um 3 Uhr machten wir uns auf den Weg nach der Weltausstellung. Wir bedienten uns der Bahn, welche zuerst am Michigan-See und dann auf hohem Damm am Ausstellungsgebiet entlang führte, wobei wir einen Begriff erhielten von der riesigen Ausdehnung des ganzen Komplexes, der bekanntlich den Jaksonpark, einen Teil des Washingtonparkes und den beide verbindenden Midway Plaisance, zusammen 1037 Acres (ca. 400 Hektar = 4 Quadrat-Kilometer) umfaßte.*)

Als wir endlich „die Stadt der weißen Paläste" betraten, waren wir im ersten Augenblick förmlich geblendet von der Größe, Pracht und Schönheit der uns umgebenden Bauwerke.

Wir befanden uns auf der Grande Avenue, im sogenannten Cour d'honneur der kolumbischen Weltausstellung. Zu unserer Rechten die imposante Maschinenhalle, links der Palast für Elektrizität und Bergbau, dazwischen das Verwaltungsgebäude mit seinen glänzenden Kuppeln.

Gerade vor uns das große Bassin, aus dessen spiegelglatter Oberfläche sich das Kolossalstandbild der

---

*) Die Pariser Weltausstellung von 1889 nahm im ganzen 173 Acres (ca. 68 Hektar) ein.

Freiheit erhob. Zu beiden Seiten des mit Gondeln bedeckten Gewässers stiegen auf Terrassen die wunderbar schönen Fassaden der Gebäude der Manufakturen und Künste und des Ackerbaues empor. Den Hintergrund des glänzenden Bildes schloß eine breite Kolonnade ab, durch deren hochgewölbte Öffnungen die weite, blaue Fläche des Michigan-Sees herüberschimmerte.

Wir begannen unsern Rundgang mit der Besichtigung der Kolumbus-Schiffe (Santa Maria, Pinta und Nina), die in natürlicher Größe nachgebildet, in einer der Lagunen vor Anker lagen. Hierauf besuchten wir „La Rabida", die naturgetreue Nachbildung des spanischen Klosters, in welchem Kolumbus wohnte, während er die Pläne für seine Entdeckungsreise entwarf. Die altertümlichen Räume enthielten eine Fülle unschätzbarer Kolumbusreliquien.

Von hier wandten wir uns nach dem Palast der Manufakturen, dem größten überdeckten Raum, den Menschenhände jemals aufgeführt. Von seinen Türmen wehten die Fahnen aller Länder. Die ungeheure Halle war mit Schätzen des Gewerbefleißes angefüllt, welche aus allen Weltteilen herbeigebracht worden waren.

Mit einem Elevator ließen wir uns auf das Dach des Riesengebäudes hinaufbefördern. Eine schwindelnde Höhe, von der aus sich die Menschen unten wie durcheinander wimmelnde Ameisen ausnahmen. Um dieses größte Dach der Welt führte außen herum ein Spazierweg, den wir in einer halben Stunde zurücklegten.

Welch ein Überblick von dieser Höhe über das
ganze Ausstellungsgebiet und den weiten See! Und
wir hatten besonderes Glück. Eben kam das Vikinger=
schiff direkt von Norwegen nach langer, gefahrvoller
Oceanfahrt an, begrüßt von zahllosen Dampfern, welche
in allen Tonarten ihre Dampfpfeifen erschallen ließen,
von Musikapellen, die dem gefeierten Schiff entgegen=
fuhren und endlich von dem betäubenden Hurrage=
schrei der nach Hunderttausenden zählenden Menschen=
menge. Ein unvergeßliches Schauspiel!

Wir fuhren wieder in die Tiefe, und nach flüch=
tiger Besichtigung der Abteilungen Deutschlands,
Österreichs, Italiens, Frankreichs und Rußlands
wanderten wir weiter durch das große Fischerei=
gebäude nach dem „Deutschen Haus", dann an den
einzelnen Staatengebäuden vorüber nach dem Midway
Plaisance, dem für den Laien anziehendsten und in=
teressantesten Gebiet der Ausstellung. Man begegnete
hier Menschen aus allen Teilen der Erdkugel, Indianern,
Chinesen, Japanern, Türken, Ägyptern, Mitgliedern
der europäischen Kommissionen in glänzenden Uniformen,
Mexikanern in weißer Kleidung mit dem Panamahut,
Bewohnern der südamerikanischen Länder u. a. m.

In diesem kosmopolitischen Bezirk hatte Ägypten
eine der Hauptstraßen von Kairo reproduziert mit
Kaufläden, Wohnhäusern, Cafés und Vergnügungs=
lokalen, mit Kamel= und Elefantentreibern, Tänze=
rinnen und Jongleuren; Japan hatte ein Dorf in
seiner eigenartigen Architektur, Persien eine Straße er=

baut, Wien hatte seinen alten Hohen Markt wieder erstehen lassen, ein javanisches Dorf erregte unser lebhaftes Interesse, ein gemütliches deutsches Dorf unsere Heimatliebe und — unsern Bierdurst.

Das auffallendste Schaustück von Midway Plaisance bildete das Riesenrad (Ferry Wheel), das einen Umfang von 785 Fuß hatte. Es erhob sich an seinem höchsten Punkt 270 Fuß über die Erde und beherbergte 36 Wagen, in denen im ganzen 1800 Personen Platz hatten. Ein Minimum von Kraft war erforderlich, um diese wunderbar konstruierte Radschaukel in gewaltigen Umschwung zu versetzen.

Mit Einbruch der Dunkelheit verließen wir den Park. Während der Rückfahrt zog vor unsern Augen noch einmal die wunderbare Stadt der Paläste vorüber, die jetzt in der ganzen Glorie der elektrischen Beleuchtung erstrahlte.

Einen zweiten Besuch der Ausstellung gestattete unser Reiseplan vorläufig nicht, wir mußten am nächsten Tag Chicago verlassen. Aber schon der eine flüchtige Rundgang hatte uns mit Staunen und Bewunderung für die grandiose Weltunternehmung erfüllt, deren mächtigste Wirkung überhaupt wohl in dem ersten — wahrhaft überwältigenden — Eindruck lag, den sie durch ihre Dimensionen und vor allem durch die märchenhafte Schönheit ihrer architektonischen Wunderwerke machte. —

Donnerstag, 13. Juli. Ein lähmend heißer Tag. — Während Freund Meyer photographische Platten besorgte, entwischte ich mit Herrn Kranz per Kabelbahn nach der fernen North Clarkstraße, wo wir in einem deutschen Biergarten, den uns Bädeker verraten, Kühlung suchten.

Gegen 4 Uhr nachmittags packten wir im Schweiße unseres Angesichts unsere Koffer. Es war Zeit, uns reisefertig zu machen. Wir bedienten uns nun des sogenannten „Annunciators", einer einfachen, höchst praktischen Einrichtung, welche in jedem Zimmer des Auditoriums angebracht ist und die Hotelgäste in den Stand setzt, jede beliebige Bestellung sofort direkt an das Centralbureau gelangen zu lassen.

Der „Annunciator" besteht aus einer kreisrunden Scheibe, ähnlich dem Zifferblatt einer Uhr. In der Mitte befindet sich ein Zeiger, und ringsherum stehen folgende Bezeichnungen: Zimmerkellner — Zimmer= mädchen — Hausknecht — Ausläufer — Kommis= sionär — Doktor — Eiswasser — Bad — Heizung — Schuhe — Wäsche abholen — Wäsche bringen — Gepäck abholen — Gepäck heraufbringen — Postsachen — Schreibutensilien — Depeschenformulare — Wagen, viersitzig — zweisitzig — Verstanden — Alles richtig. —

Wir drückten zunächst auf den Zeiger. Es klingelte, und gleich darauf kam von unten das Signal, man sei bereit, die Bestellung entgegen zu nehmen. Hierauf stellten wir einfach den Zeiger auf das von uns Gewünschte, nämlich: „Gepäck abholen" und „Wagen". Von unten erfolgte die Antwort: „Ver= standen", und einige Minuten später erschien der Haus=

knecht, um unser Gepäck zu holen, und meldete, daß
der Wagen bestellt sei. Wir hatten darauf nur noch
den Zeiger auf die Bezeichnung „all right" zurück=
zudrehen.

Als wir dann, zur Abreise bereit, in der Vorhalle
unten an der Office unsere Rechnung beglichen, war
das Gepäck bereits nach dem Bahnhof geschafft. Wir
bestiegen den bereitstehenden Wagen und fuhren nach
dem Depot (Bahnhof) der Wiskonsin=Centralbahn.

Die Gepäckaufgabe ist überaus einfach. An den
Koffer wird eine, mit einer Nummer versehene Blech=
marke, ein „chek", gehängt, der Reisende erhält zur
Aufbewahrung ein Duplikat desselben mit der gleichen
Nummer, damit ist die Sache erledigt. 150 Pfund
sind frei, geringe Überfracht wird nicht berechnet. Bei
der Annäherung an größere Städte erscheint meist ein
Transfer=Agent, dem man den Chek einhändigt und
das Hotel bezeichnet, in dem man absteigen will. Man
zahlt 25 Cents pro Stück und hat sich um nichts mehr
zu kümmern. Das Gepäck wird pünktlich ins Hotel
geliefert. —

V.

Von Chicago nach Livingston in Montana.

Achtundvierzig Stunden unter Pullmanns Ägide. — St. Paul-Minneapolis am Mississippi. — Riesenfarmen in Nord-Dakota. — Der Pyramidenpark — Am Yellowstone. — Verkohlte Wälder. — Die ersten Indianer. — Prairiehunde. — Hotel Albemarle in Livingston. — Skatbrüder. — Nächtlicher Überfall.

Unser nächstes Ziel war Livingston in Montana, die Eingangsstation nach dem Yellowstone-Park.

Achtundvierzig Stunden Eisenbahnfahrt hatten wir vor uns. Gewitzigt durch die trüben Erfahrungen bei der letzten Reise, hatten wir uns diesmal rechtzeitig Schlafwagenplätze gesichert.

Achtundvierzig Stunden Eisenbahnfahrt! Das bedeutet bei uns in Europa Abspannung, Ermüdung, Langeweile, von Stunde zu Stunde sich steigernde Nervosität, schließlich völlige Zerschlagenheit an Leib und Seele. Nichts von alledem bei einer mehrtägigen Bahnfahrt in Amerika, wenn man unter Pullmanns Ägide reist.

Man sitzt oder ruht bequem auf den breiten
Sofas am Fenster — für zwei Schlafwagenbillets
hat man eine sogenannte Sektion ganz für sich, das
sind je zwei einander gegenüberliegende Sofaplätze —,
man genießt einen freien, unbeschränkten Ausblick auf
die vorüberziehende Landschaft, da die Fenster, nur
durch einen schmalen Zwischenrahmen unterbrochen, die
ganze Breite der Sektion einnehmen: man liest, oder
man läßt sich einen Tisch einstellen, will man sich die
Zeit mit Schreiben oder Kartenspielen vertreiben.
Ohne Schütteln und Rütteln gleiten die Wagen über
die Schienen, nicht allzuschnell, etwa 25 englische
Meilen (40 Klm.) in der Stunde. Man macht sich
Bewegung in den langen Gängen, durchwandert den
Zug von einem Ende zum andern und mustert ein
wenig die Bewohnerschaft der entfernteren Trakte des
rollenden Hotels. Dreimal des Tages ruft uns die
„Pflicht der Selbsterhaltung" in den Restaurations=
wagen, wo wir uns mit frohem Vertrauen auf die für
uns oft dunklen Verheißungen der Speisekarte zu Tisch
setzen und mit mancher Enttäuschung — im Magen
von hinnen gehen, um im gemütlichen Rauchzimmerchen
die Freuden der Tafel zu vergessen. —

So vergehen die Tage in steter Abwechslung,
welche keine Langeweile aufkommen läßt.

Um 10 Uhr abends werden von dem schwarzen
Diener die Betten zurecht gemacht, in jeder Abteilung
ein oberes und ein unteres, breit, lang, bequem, von
Vorhängen verhüllt. Die Luft bleibt trotz der 20

bis 30 Schläfer gut und frisch, da die Ventilatoren
— natürlich nur im Sommer — während der Nacht
geöffnet bleiben können. Man schläft ganz vortrefflich,
und die Nächte sind deshalb eigentlich gar nicht in die
fühlbare Reisedauer mit einzurechnen.

Ist man schließlich am Endziel angelangt, so verläßt man den Zug ebenso frisch und munter, als man
ihn anfangs bestiegen.

Während der ersten Stunden unserer Fahrt traten
wir in den fruchtbaren, korn- und holzreichen Staat
Wiskonsin ein, von dem wir übrigens wenig zu sehen
bekamen, da die Nacht bald hereinbrach.

Am Morgen des 14. Juli langten wir in
St. Paul-Minneapolis an, den „Zwillingsstädten des
Westens". Aus der bescheidenen Niederlassung eines
kanadischen Geschäftsreisenden, des ersten weißen An-
siedlers, der sich hier an den Ufern des Mississippi im
Jahre 1838 anbaute, sind im Zeitraum von fünfzig
Jahren zwei Weltstädte des Handels geworden, welche
aufs engste miteinander verbunden, eine einzige große
Stadt von 300000 Einwohnern bilden.

St. Paul, die Hauptstadt von Minnesota, hat
eine entzückende Lage auf den terrassenförmig ansteigenden Uferhügeln des Mississippi, der bis hierher schiff-
bar ist. Minneapolis liegt in der Ebene an beiden
Ufern des Stromes, da wo er die berühmten St.
Anthony-Fälle bildet. Die Stadt verdankt der Wasser-
kraft dieser Fälle, durch welche sie ihre Getreide-
und Sägemühlen, die größten der Welt, treiben läßt,

ihr erstaunliches Wachstum, ihr stetes Gedeihen. Sie ist der bedeutendste Mehlhandelsplatz in den Vereinigten Staaten. Die Getreidemühlen erzeugen jährlich etwa 14 Millionen Centner Mehl, die Sägemühlen schneiden jährlich 120 bis 140 Millionen Meter Holz. Man zweifelt nicht an der Richtigkeit dieser Angaben, wenn man die riesigen, zehn- und zwölfstöckigen Mühlen, die ungeheuren Getreidespeicher, die unabsehbaren Holzlagerplätze sieht, an denen die Bahn vorüberführt.

Wir überschritten hier, bei Minneapolis, nachdem wir St. Paul nach einstündigem Aufenthalt mit der Northern Pacificbahn verlassen hatten, zweimal den Mississippi; zuerst auf einem kolossalen Steinviadukt nahe bei den St. Anthony-Fällen, deren einst wilde Schönheit den Dämmen und Wasserwerken der Industrie geopfert wurde, dann auf einer massiven eisernen Brücke, die uns ans Ostufer des Stromes zurückführte, dem wir nun eine Zeitlang folgten.

Freundliche Landschaften zogen an uns vorüber, schön bebautes Land, üppige Wiesen, kräftiger Laubwald.

Der Mississippi fließt hier friedlich und still zwischen niederen, bewaldeten Ufern hin. Zum letzten Mal kreuzten wir den Vater der Ströme bei Little Falls, dann entschwand er unsern Blicken, auf Nimmerwiedersehen. —

Über Detroit, ein anmutiges, an einem malerischen See gelegenes Städtchen, — zwanzig Meilen nördlich davon befindet sich die Reservation der Chippeway- oder Ojibway-Indianer, — gelangten wir nach

Morhead, welches am Red River, dem roten Fluß des Nordens, liegt, gegenüber von Fargo, einer blühenden Handelsstadt an der Ostgrenze von Nord-Dakota.

Auf der Fahrt durch diesen großen Getreidestaat, in dem keine geistigen Getränke, auch nicht im Speise= wagen des Zuges, verabfolgt werden dürfen, kamen wir an mehreren der berühmten Prairie=Farmen des „Großen Nordwestens" vorbei, den sogenannten „Bonanza"=Farmen, von denen einige eine ungeheure Ausdehnung haben, wie z. B. die große Dalrymple= Farm,*) welche ein Gebiet von 115 englischen Quadrat= meilen (30 000 Hektar = 300 Quadratkilometer) umfaßt.

Bei Bismarck, der Hauptstadt von Nord-Dakota, überschritten wir den gewaltigen Zwillingsbruder des Missisippi, den Missouri, der hier 360 Meter breit ist, auf einer schönen Stahl= und Eisenbrücke von kolossalen Dimensionen.

Von hier ab galt „Gebirgszeit", das heißt, wir hatten auf unserer Fahrt gen Westen wieder eine Stunde gewonnen. Wir waren nunmehr acht Stunden hinter der mitteleuropäischen Zeit zurück; die Nacht, welche unsern Lieben in der Heimat bereits verflossen war, hatten wir noch vor uns.

Als ich am nächsten Morgen, zu früh um schon aufzustehen, erwachte, zog ich die Fenster= vorhänge hinauf, um in aller Gemütlichkeit, von meinem Bett aus, die Gegend zu betrachten.

---

*) Bei Casselton.

Das war ein sonderbarer Landstrich, den wir eben durchzogen, die „Bad Lands," oder Pyramidenpark genannt. Soweit das Auge reichte, ein Chaos verschiedenfarbiger Hügel und Höhen von ganz seltsamer Gestaltung. Bald ambosförmig oben flach abgeplattet, bald kuppenartig abgerundet, bald spitz zulaufend gleich regelrechten Pyramiden, bestehen diese merkwürdigen, durch Wasserthätigkeit einst aufgeschwemmten Hügel aus horizontal übereinander lagernden Schichten von Lehm, Thon, bröcklichem Sandstein und Braunkohle, die sich durch ihre verschiedene Färbung deutlich voneinander abheben. Breite Streifen von mattem Gelb oder dunklem Grau wechseln ab mit Schichten von blendendem Weiß oder tiefdunklem Rot und Braun.

In den Niederungen zwischen den Hügeln wächst üppiges Gras und Wacholdergesträuch, und hie und da am Rande seichter Wasserläufe stehen Gruppen verkümmerter Kiefern. Der Boden ist fruchtbar und liefert treffliches Viehfutter.

Die Bezeichnung „Bad Lands" stammt aus der Zeit der französischen Pelzjäger, welche im Dienste der großen Rauchwaren-Gesellschaften reisten und diesen Landstrich, der ihnen infolge seines hügeligen Terrains das Fortkommen mit Pferden und Lasttieren ungemein erschwerte, „mauvaises terres pour traverser" nannten.

Der eigentliche Bezirk der Bad Lands endigt am kleinen Missouri. Dann folgt leicht gewelltes Wiesenland, in dem sich hie und da noch ganz vereinzelt

Hügel von derselben Gestaltung, wie die Bad-Lands-Berge erheben.

Einer der auffallendsten und merkwürdigsten ist der weithin sichtbare Sentinel Butte — Schildwacht-höhe —, eine mächtige Erhebung, die mit ihren senk-recht abfallenden Wänden, von der Bahn aus gesehen, unzugänglich erscheint. Doch soll sie von der andern Seite leicht zu ersteigen sein. Oben befindet sich ein vollkommen ebenes, üppig bewachsenes Plateau von beträchtlicher Ausdehnung.

Die Büffel suchten einstmals diese Anhöhe des reichlichen Futters wegen mit besonderer Vorliebe auf, manchmal in so großer Anzahl, daß viele von ihnen über den obersten Rand der schroffen Wände gedrängt in die Tiefe stürzten. Ihre längst gebleichten Gebeine liegen in Haufen am Fuß des Abhanges.

Bald hinter Sentinel Butte kamen wir in den Staat Montana, den drittgrößten der Union. Die Grenze bezeichnet — einfach und originell — ein hoher Pfahl, an dem ein riesiges Hirschgeweih befestigt ist.

Bei Glendive erreichten wir den Yellowstone-Fluß, dem wir von nun ab bis in sein wunderreiches Quellengebiet hinauf entgegenzogen.

Die Landschaft am Yellowstone ist streckenweise unsagbar verwildert, in keinem einzigen Zuge mit irgend einer Gegend des civilisierten Europa vergleich-bar; sie ist befremdend, nirgend anheimelnd, aber immer interessant. Und was uns in dieser Wildnis besonders aufregt, was uns empört und betrübt, das sind die niedergebrannten Wälder, die sich oft meilenweit zu beiden Seiten des Schienenweges hinziehen, ein wildes Durcheinander von versengten, verkrümmten, verkohlten Baumleichen.

Doch nicht nur das Feuer, von barbarischer Verwüstungslust angefacht, auch der Sturm übt sein verheerendes Werk in diesen unglückseligen Wäldern. Allenthalben, auch mitten im Fluß und auf seinen sandigen Eilanden liegen entwurzelte Bäume.

Hie und da entdeckt man in den halb zerstörten, oft noch rauchenden Waldgründen eine einsame Baumstammhütte, deren einzigen Schmuck ein gewaltiges Hirschgeweih bildet.

Unser lebhaftes Interesse erregten ein paar Indianerzelte unter einem großen Baum am Flußufer. Ein Bursche und ein Mädchen, letzteres mit einer knallroten Jacke bekleidet, kamen aus den Zelten heraus und liefen unserm Zug entgegen, um ihn aus nächster Nähe zu sehen. Mit begreiflicher Neugierde betrachteten wir unsererseits die beiden Gestalten mit den bronzefarbenen Gesichtern und den langen, glatten rabenschwarzen Haaren, waren es doch die ersten Indianer, die uns in der Wildnis erschienen, freilich nicht im phantastischen Federschmuck auf dem Kriegspfad, oder auf der Spur des Wildes, nicht mehr umkleidet von jenem strahlenden Nimbus, an dem sich einst unsere Knabenphantasie, angeregt durch die Erzählungen Coopers, so gern berauschte, sondern bäurisch einfach, friedlich und harmlos. Wir winkten ihnen

im Vorbeifahren zu, sie blickten uns, ohne unsern Gruß
zu beachten, ernst und schweigend nach.

Vor wenigen Jahrzehnten waren ihre Vorfahren
noch die stolzen Herren dieses Landes. Bis zum Aus=
bruch des Goldfiebers im Jahre 1862 gab es keine
Ansiedelung Weißer in Montana. In den Jahren
1873 bis 1877 war das Thal des Yellowstone der
Schauplatz erbitterter Kämpfe zwischen den Ureinwohnern
und den Truppen der Union. Die weiße Rasse, oder
wie man in Amerika mit Vorliebe sagt, die Civili=
sation, siegte, und der rote Mann mußte weichen.

Einzelnen Stämmen wurden bestimmte Landgebiete
als Reservationen angewiesen. So haben die Krähen=
Indianer, einst eine große, mächtige Nation, welche
jetzt auf 3000 Köpfe zusammengeschrumpft ist, ein
ziemlich ausgedehntes Gebiet südlich vom Yellowstone
erhalten.

Während der letzten Stunden vor Livingston, als
bereits in der Ferne die ersten Gebirgsketten auf=
tauchten, durchzogen wir dürre, trostlose Ebenen, welche,
aller Bäume und Gesträuche bar, nur mit den grau=
grünen Büscheln des sogenannten Büffelgrases bedeckt
waren. Unsere Fahrt war dennoch überaus unterhaltend,
denn diese Einöden bevölkerten Tausende von kleinen,
drolligen Murmeltieren, welche von ihren ersten Ent=
deckern, kanadischen Pelzjägern, ihrer bellenden Stimme
wegen Prairiehunde genannt wurden, in ihrer äußeren
Gestalt jedoch nicht die geringste Ähnlichkeit mit den
Hunden haben. Ihre Ansiedelungen, welche aus zahl=

losen kleinen Erdhügeln bestehen, dehnen sich oft meilenweit über die Ebenen hin. In nächster Nähe der Bahn, nur durch den Graben von uns getrennt, saßen die kleinen gelbbraunen Tiere bewegungslos auf ihrem Baue, meist aufrecht, „Männchen" machend, und betrachteten neugierig den vorübersausenden Zug, dessen Geräusch sie nicht im mindesten erschreckte. Auch durch die hier häufig vorkommenden Wiesen= brände — wir selbst waren aus unmittelbarer Nähe Zeugen eines solchen — lassen sich die kleinen Ansiedler nicht stören. Sie ziehen sich einfach in ihre unter= irdischen Gänge zurück und kommen wieder heraus, wenn die Gefahr vorüber ist. Brehm erzählt, „daß Prairiehunde, Erdeulen und Klapperschlangen friedlich in einem und demselben Bau beisammenleben. Aus= stopfer im fernen Westen wählen das Kleeblatt mit Vorliebe als Vorwurf zu einer Tiergruppe, die unter dem Namen „Die glückliche Familie" bei Ausländern nicht wenig Verwunderung erregt. —

Stundenlang fuhren wir fast ununterbrochen zwischen den „Dörfern" der Prairiehunde hin. —

Immer näher erschienen jetzt die schneebedeckten Bergriesen der Rocky Mountains.

Um 5 Uhr erreichten wir unser vorläufiges End= ziel, die kleine Stadt Livingston, welche am Fuß der Belt Mountains liegt, eines Ausläufers des Felsen= gebirges.

Wir stiegen im Hotel Albemarle, gegenüber dem Bahnhof, ab, erduldeten pflichtschuldigst das geschmack=

lose Dinner, wobei wir uns zur größten Verwunderung
der bedienenden Maid statt des landesüblichen Eis=
wassers ein paar Flaschen Bier zu Gemüte führten,
und unternahmen sodann eine kleine Wanderung durch
die Stadt, deren einzige Hauptstraße wir bald auf
dem bretternen Trottoir durchschritten hatten. Wir
gelangten auf einer Holzbrücke über den Yellowstone,
an dessen Ufern zahlreiche Angler dem Fang von
Forellen und Äschen oblagen, und ergingen uns ein
wenig in der schönen, waldigen Umgebung des Städt=
chens, welche Jägern nach Hirschen, Elentieren, Anti=
lopen, Wildgänsen, Wildenten, Berghühnern ꝛc. gute
Standorte bieten soll.

Mit Einbruch der Dunkelheit kehrten wir ins
Hotel zurück. Unser Erstaunen war groß, als wir im
Schankzimmer an einem runden Tisch drei Herren sitzen
sahen, welche — Skat spielten! Das mußten Deutsche sein!

Kaum näher getreten, hörte ich, wie einer derselben
halblaut und verwundert meinen Namen ausrief. Das
mußten demnach sogar Berliner sein! Und zwei waren
es auch; der eine ein Berliner Fabrikant Namens
Jacoby, der andere der jüngste Sohn des großen
Elektrikers Werner von Siemens, der dritte ein Herr
Reich, Kaufmann aus Nürnberg. Auf der Tour durch
den Yellowstonepark sind wir mit den Herren näher
bekannt geworden und haben manche vergnügte Stunde
mit ihnen verlebt.

Die Nachtruhe wurde mir im Hotel Albemarle
aufs empfindlichste gestört, und zwar durch einen

Überfall von leibhaftigen Rothäuten — aus der In-
sektenwelt, die mich durch ihre Übermacht nötigten, die
Nacht außerhalb des Bettes zuzubringen. Da die
anderen Herren alle von einer ähnlichen Heimsuchung
verschont geblieben sind, so muß ich annehmen, daß
gerade mein Zimmer eine sogenannte Reservation
bildete, in welche die letzten Nachkommen eines einst vielleicht über alle Räume des Hotels Albemarle ausgebreiteten Stammes zurückgedrängt worden waren. —

VI

Der Yellowstone-Nationalpark.
Das vulkanische Zauberreich im Felsengebirge.

An der Schwelle des Wunderlandes. — Der „Erste Cañon" des Yellowstone. — Sonderbare Berggestalten. — Des Teufels Rutschbahn. — Herr Schmidt aus Quedlinburg. — Allgemeines über das Geisergebiet. — Der verkannte Yellowstonepark.

Sonntag, den 16. Juli. Bei herrlichem Wetter begeben wir uns um 9 Uhr zum Bahnhof. Eine Sonderbahn, nur für die Besucher des „Yellowstone=Parks" erbaut, zweigt hier von der Linie der Northern=Pacificbahn nach Süden ab und führt in etwa zwei Stunden nach dem Flecken Cinnabar, der nördlichen Thorschwelle des „Nationalparks".

Im Thal des Yellowstone aufwärts fahrend gelangt man zunächst in den sogenannten „Ersten Cañon," eine enge Schlucht, die von den rauschenden Wassern wohl über tausend Fuß tief durch die Granitwände geschnitten worden. Der Fluß stürzt zwischen den himmelanstrebenden, phantastisch zerklüfteten Felsen wild= schäumend und tosend herab.

Doch bald erweitert sich die Schlucht wieder, und
ein schönes Thal mit üppig grünenden Wiesen breitet
sich vor uns aus, das Paradiesthal, in dessen Hinter=
grund gewaltige Bergriesen ihre schneebedeckten Häupter
10—12000 Fuß hoch gen Himmel recken.

Der Emigrant Peak (3340 Meter) und die Pyra=
mide des imposanten Elektrik (3400 Meter) treten in
blendender Weiße hervor.

Wieder verengt sich das Thal und der Weg
führt an merkwürdig geformten Felsengebilden vorbei.
Da erblicken wir auf ragender Zinne eine ungeheure
Sphinx, nach der eine Haltestelle der Bahn ihren Namen
erhalten; weiterhin erscheinen zwei riesige Menschen=
profile, welche die Natur in überraschend scharfen Um=
rissen aus dem Felsen gemeißelt: „Giants face“, das
Riesenantlitz und „Old Man of the Mountains“, der
Bergesalte, — und endlich die groteske „Devils Slide“,
des Teufels Rutschbahn, zwei mächtige, neun Meter
voneinander entfernte Steinwälle, die etwa sechshundert
Meter hoch von der rotgestreiften Steilwand des
Cinnabar Mount, des Zinnoberberges, herabfallen.

Hier erreicht die Bahn ihren Endpunkt auf der
nach dem roten Berge genannten Station Cinnabar,
wo die Reisenden von vierspännigen Stellwagen —
stages — erwartet werden.

Höchst überrascht waren wir, als ein vollbärtiger
Mann, der mit seinem breiten Hut und dem groben
Wollhemd ganz das Aussehen der Leute des „wilden
Westens“ hatte, uns im gemütlichsten Deutsch an=

redete, während er beim Aufladen des Gepäcks be-
hilflich war.

Wir befragten ihn natürlich sofort, „woher er kam
der Fahrt und wie sein Nam' und Art" und erfuhren,
daß er Schmidt heiße, aus Quedlinburg stamme und
vor 25 Jahren in diese zu jener Zeit noch unbekannte
Gegend verschlagen worden sei, jahrzehntelang ein
Einsiedler, dessen Obdach ein Zelt oder ein Felsenloch
bildete. „Damals, vor 25 Jahren," meinte er, „da
war's doch noch schöner als jetzt, da schlief man noch
mit der Flinte unterm Kopfkissen, jetzt passiert nichts
Aufregendes mehr!" —

Nun endlich standen wir an der Schwelle des er-
sehnten Wunderlandes, um dessentwillen hauptsächlich
unsere Reise geplant und unternommen worden war.

*   *   *

Der erste weiße Mann, der das Wunderland gesehen, war ein Jäger oder Trapper, der von den Indianern gefangen und in die Wildnis geschleppt worden
war. Es gelang ihm, zu entkommen, und nach seiner
Rückkehr mußte er von unerhörten Wunderdingen zu
berichten, von himmelhoch aufsteigenden, siedendheißen
Springfluten, von kochenden, dampfenden Seen, von
gläsernen Bergen, von versteinerten Wäldern, zauberhaften
Gefilden, die von Edelsteinen strotzten, und von ungeheuren
Schluchten, die in allen Farben des Regenbogens spielten.

Man schenkte seinen Geschichten keinen Glauben, man hielt sie für Märchen, für die Phantasiegebilde eines Übergeschnappten. —

Mehrere Jahrzehnte vergingen. Da verlautete — gegen Ende der sechziger Jahre — neue Kunde von den Wundern, die das Felsengebirge in seinem Schoße bergen sollte. Zwei Abenteurer brachten sie mit heim, Goldsucher, die auf der Jagd nach dem edlen Metall bis zu den Quellen des Yellowstone hinaufgedrungen waren. Ihre Erzählungen fanden mehr Vertrauen, mehr Beachtung, drangen in immer weitere Kreise, sie kamen zu Ohren der Regierung, welche endlich, durch die öffentliche Meinung gedrängt, eine wissenschaftliche Expedition unter Führung eines bedeutenden Geologen, des Professors Hayden, in die unbekannte Region entsendete.

Nie war eine Forschungsreise erfolgreicher, glücklicher, als diese!

Alles, was jene Abenteurer erzählt hatten, bestätigte sich, ihre Berichte erwiesen sich, abgesehen von einigen naiven Übertreibungen, als vollkommen der Wahrheit entsprechend.

Man fand in dem Quellengebiet des Yellowstone die Spuren einer grandiosen vulkanischen Thätigkeit, ein Geisergebiet, welches mit seinen ungeheuren Wasserkratern dasjenige Islands und Neuseelands weit in den Schatten stellte, man erschloß der Wissenschaft eine Beobachtungsstätte von unschätzbarer Bedeutung, den Freunden der Natur ein Stück Wunderland von so

gewaltiger Ausdehnung, von so großartiger Schönheit
und Fülle der Erscheinungen, wie es nicht wieder auf
der Erde anzutreffen ist.

Dieses wunderbare Gebiet, ein durchschnittlich
2400 Meter über dem Meere gelegenes Hochplateau,
welches von mächtigen, schneebedeckten Bergketten, die
dem Hauptkamm der Rocky Mountains angehören,
durchzogen wird, wurde auf Antrag Haydens im Jahre
1872 durch Kongreßbeschluß zum „Nationalpark" erklärt,
lediglich „dem Wohle und dem Vergnügen des Volkes ge=
widmet" und als unantastbares Eigentum der Nation für
alle Zeit vor gewinnsüchtiger Ausbeutung geschützt.

Zur Bequemlichkeit der Touristen wurden mit Ge=
nehmigung der Bundesregierung von der „Yellowstone=
Park=Association" fünf Hotels und zwei Frühstücks=
stationen errichtet, welche jedoch nur im Sommer ge=
öffnet sind, da der „Nationalpark" seines Hochgebirgs=
klimas wegen zu keiner anderen Jahreszeit besucht
werden kann. Diese Hotels und die Quartiere der
militärischen Besatzung sind die einzigen menschlichen
Behausungen in dem ganzen weiten Gebiet, in dem es
niemand gestattet ist, sich dauernd anzusiedeln.

Der „Nationalpark" ist unter die spezielle Aufsicht
des Staatssekretärs des Innern gestellt und wird von
Kavallerie=Abteilungen überwacht, welche unter dem
Oberbefehl eines Kapitäns stehen, der innerhalb seines
Machtbezirks eine unumschränkte Gewalt besitzt.

Jeder Verstoß gegen die Vorschriften, welche zum
Schutze des Wildes, des Waldes und der Natur=

merkwürdigkeiten erlassen wurden, wird aufs strengste geahndet.

Dieser Strenge ist es zu danken, daß das Schutz=
gebiet einen enormen Reichtum an Wild besitzt, an
Hirschen, Rehen, Elentieren, Bären, Dickhornschafen,
Bibern rc. rc. — auch die letzte Büffelherde Amerikas,
500 Stück, hat hier eine Zufluchtsstätte gefunden —,
daß die ungeheuren Wälder im Zustande paradiesischer
Urwüchsigkeit erhalten bleiben, daß die zarten, farben=
reichen Formationen der Geiser und heißen Quellen
sich in unberührter Schönheit dem Auge des Beschauers
darbieten.

Das Gesamtgebiet des „Nationalparks“, dem
erst vor kurzem ein Waldkomplex von etwa
5000 Quadratkilometer einverleibt wurde, umfaßt jetzt
ein Areal von nahezu 14000 Quadratkilometer, ist
also ungefähr so groß wie das Königreich Sachsen
oder wie Elsaß=Lothringen.

Nur mit Widerstreben können wir Deutsche uns
dazu verstehen, dieses gewaltige Stück urweltlicher Erde
mit dem Wort „Park“ zu bezeichnen. Wir müssen es
jedesmal mit Anführungszeichen versehen, sonst kommen
wir nicht darüber weg. Freilich, welche Sprache wäre
überhaupt im stande, mit einem einzigen Wort eine
auch nur annähernde Vorstellung zu geben von dem
Wunderreichtum und der wilden Schönheit dieses un=
vergleichlichen Gebietes, bei dessen Beschreibung wir
gezwungen sind, fast ununterbrochen in Superlativen
zu reden, und die ganze Sinnverwandtschaft des Wortes

„großartig" in fortwährenden Wiederholungen zu er=
schöpfen.

Bei dieser Gelegenheit fällt mir übrigens der denk=
würdige Ausspruch eines Wiener Herren ein, der zur
Weltausstellung in Chicago gewesen war und sich viel
auf seine Amerikafahrt zu gute that. Befragt, ob er
den „Yellowstone=Park" besucht habe, antwortete der
Unglückliche, in der Meinung, es handle sich um irgend
einen von Barnum angelegten Park, wörtlich:

„Natürlich war ich drin, aber wissen S', das is
halt auch so ein amerikanischer Schwindel, nach einer
Viertelstund' bin ich wieder 'rausgangen." . . . .

Armer Yellowstone=Park!!! —

---

1. Mammoth Hot Springs, die heißen Riesenquellen.

Die Natur als Architekt, Maler und Bildhauer. —
Ein Farbenrausch. — Dampfender Schnee. — Unterseeische
Märchenlandschaften.

Von Cinnabar ab fuhren wir mit dem Stellwagen
in der Sohle des wildrauschenden Gardinerflusses, der
hier in den Yellowstone mündet, steil bergan, über=
schritten nach einer Stunde etwa die Grenze von
Wyoming und kamen um Mittag in Mammoth Hot
Springs an.

Hier, auf einem berg= und waldumschlossenen
Plateau — 2000 Meter über dem Meer — entfalten
sich die ersten berückenden Wunder des Geisergebietes.
Hier befindet sich deshalb auch das erste Hotel, ein
mächtiges, in Holz aufgeführtes Gebäude mit einem
sechseckigen Turm und einer überdeckten Veranda, die
dem Erdgeschoß in seiner ganzen Länge vorgebaut ist.

Dieser Gasthof gewährt, ebenso wie die übrigen
Parkhotels, ein ganz vortreffliches Unterkommen, hübsche
Zimmer mit ausgezeichneten Betten und gute Ver=
pflegung. In der That alles mögliche, wenn man
bedenkt, daß man sich hier in einer Hochgebirgswildnis
befindet, die noch vor wenigen Jahren für den Ver=
gnügungsreisenden so gut wie unzugänglich war.

Wir bezogen eilig unsere Zimmer, ließen uns von
den Freuden der Tafel nicht allzulange fesseln und eilten
sobald als möglich ins Freie.

Was uns schon vorher bei der Ankunft auf dem
Plateau von Mammoth Hot Springs als eine über=
raschende, völlig neue Erscheinung aufgefallen war und
uns nun wieder im wahren Sinne des Wortes in die
Augen stach, war die merkwürdig helle Färbung des
Bodens ringsum, ein lichtes Grau, das kaum hundert
Schritte vom Hotel entfernt in ein blendendes Weiß
überging. Das Erdreich erschien auf einmal wie mit
einer Schneedecke überzogen. Und da begegnen uns
auch schon die ersten Wunder, zwei seltsame steinerne
Gebilde, die Kegel erloschener Geiser. Der eine ist etwa
zehn Meter hoch, an seiner Basis ungefähr fünf Meter

dick und gleicht in seinen Umrissen einer ungeheuren phrygischen Mütze, weshalb er den Namen „Liberty Cap", Freiheitsmütze, erhalten hat. Der andere ist viel niedriger und erweckt durch seine Gestalt und Färbung die Illusion, als ob der Daumen einer vergrabenen Riesenhand aus dem Erdreich hervorrage. Man hat ihn denn auch „Giants Thumb", Riesendaumen, genannt.

Doch wir können den beiden verwitterten Gesellen nicht die Aufmerksamkeit schenken, die sie ihrer interessanten stürmischen Vergangenheit wegen verdienen, denn in ihrer unmittelbaren Nähe entrollt sich ein Schauspiel, das unsere Sinne mit Zaubergewalt auf sich zieht, ein Anblick von so märchenhafter Schönheit, daß wir wie gebannt stehen bleiben und uns unwillkürlich fragen: ist es auch wahr, leibhaft und wirklich, was wir vor uns sehen, oder umgaukelt uns ein Traumbild? —

Vor unseren Augen erhebt sich ein mächtiger terrassenförmiger Hügel gleich einer zauberhaften Riesentreppe, in zehn bis zwölf gewaltigen Stufen, die sich aus den schönsten Gebilden natürlicher Architektur zusammenfügen, aus herrlich geformten, rund vorspringenden großen und kleinen, flachen und tiefen Becken, Wannen und Schalen, die mit azurblauem Wasser gefüllt sind, und in unbeschreiblicher Farbenpracht leuchten.

Beim ersten Anblick hat es den Anschein, als ob über diese staffelförmige Höhe schäumende Kaskaden in breitem Schwall und in dicken Strähnen von Stufe zu Stufe herabgestürzt kämen. Doch wir vernehmen kein

Rauschen, kein Plätschern, das blaue Wasser in den Becken bleibt ruhig und unbewegt, und wir werden mit Staunen gewahr, daß diese schimmernden Massen, die wir für strömende Wasser gehalten, nicht flüssig, sondern starr und versteinert sind, wunderbare, von der Meisterhand der Natur geschaffene Gebilde, die Kalksinter=Ab= lagerungen der Mammoth Hot Springs, die auf der Höhe des Hügels entspringen.

Doch nicht nur eine Fülle phantastischer, reizvollster Formationen haben diese mächtigen heißen Quellen, indem sie den Überschuß ihrer siedenden Wasser zeit= weilig über die Abhänge herabrieseln ließen, aus dem weichen Gestein herausgemeißelt, sie haben ihr Werk auch noch mit einem wahrhaft berückenden Farbenzauber übergossen. Alles schimmert und prangt in den heitersten, duftigsten Farben, in den zartesten, lichtesten Nuancen von Rosa, Gelb, Grün, Blau und Braun. Nur ganz vereinzelt durchwirken Streifen von kräftiger, satterer Färbung das wunderbare Gemälde, das inmitten der dunklen, erhaben=ernsten Wald= und Berglandschaft, von der es umrahmt wird, in Wahrheit märchenhaft wirkt.

Wir würden uns kaum wundern, wenn der ganze Hügel mit all seiner Formen= und Farbenherrlichkeit urplötzlich vor uns verschwände, wie ein luftiges Zauber= gebilde; ja die Wirklichkeit des Ganzen erscheint uns so unglaubhaft, unwahrscheinlich, daß wir förmlich über= rascht und erstaunt sind, da wir, vorwärtsschreitend, wirklich festen Boden unter uns fühlen und all die Wunder mit Händen greifen können!

Von Terraſſe zu Terraſſe ſteigen wir empor, vorüber
an den wunderbaren, alabaſterartigen Schalen, deren
Innenflächen mit zarten Sinterkriſtallen gepolſtert ſind,
die dem geringſten Druck der Hand nachgeben. Auf
je höheren Stufen die Becken liegen, deſto wärmeres
Waſſer enthalten ſie, wovon wir uns jedesmal eigen=
händig überzeugen. Mit geradezu jubelnder Genug=
thuung verbrennen wir uns die Finger in den ganz
heißen Fluten der oberſten Becken!

Wir haben die Höhe des Hügels erreicht. Eine
weite Fläche dehnt ſich vor uns aus, blendend weiß,
wie mit friſch gefallenem Schnee bedeckt. Schnee? —
Es wäre nichts Unmögliches, denn wir befinden uns
zweitauſend Meter über dem Meer. Aber aus dieſem
Schnee ſteigen allenthalben Dampfwolken auf, er iſt
warm, wir fühlen es durch die Sohlen unſerer Schuhe,
und wir erkennen, daß dieſer dampfende Schnee nichts
anderes iſt, als wieder die Kalkſinterablagerung der
heißen Quellen, die hier ſiedend und wallend aus den
Tiefen des Geſteins hervorbrechen.

Und hier auf der erhabenen Stätte ihres Urſprungs
haben ſie all ihre bildneriſche und maleriſche Zauber=
kunſt entfaltet. Um ihre türkisblauen Waſſerſpiegel
haben ſie, wie prächtige Rahmen, wunderbar modellierte
zierliche Wälle aufgebaut und dieſe, ſowie ihre ganze
nächſte Umgebung, in eine ſinnverwirrende Farbenpracht
gekleidet. Wieder die zarteſten Nuancen von Rot, Gelb
und Grün, die feinſten Schattierungen von Blau und
Braun.

Wie diese Quellenseen mit ihrer farbenschimmernden Umrahmung gruppenweise, in wundervoller Anordnung aneinandergereiht, bald da, bald dort die weite, schnee- weiße Hügeloberfläche unterbrechen, das wirkt einfach zauberhaft, unwahrscheinlich. — Hie und da ragt in nächster Nähe der Quellen der Stamm eines ab- gestorbenen Baumes hervor, er ist mit einer blendend- weißen Schicht, wie mit Gips, überzogen. Die gefährliche Nachbarschaft hat ihn das Leben gekostet.

Das beständig brodelnde Wasser in den Becken hat die herrliche Farbe blauer Edelopale, und wenn ein Lufthauch die aufwallenden Dampfschleier verweht, sehen wir in der Tiefe der kristallklaren, vollkommen durch- sichtigen Flut märchenhafte Miniaturlandschaften mit dunkelgrün schimmernden Wäldern und Wiesen, phantastisch verschlungenes Geäst, seltsame Fasergebilde, Straußen- federn vergleichbar, wulstige Knollen, zierliche Spitzen und Zacken. —

Aber neben dem berückend Schönen, dem überaus Mannigfaltigen in Farbe und Form, haben die Wunder- quellen auch einförmig Plumpes geschaffen, massige weißlichgraue Kalkhügel, die auffallende Ähnlichkeit mit riesigen Elefantenleibern haben. Unsere Wanderung führt uns über einige dieser mächtigen Rücken hinweg, und da bemerken wir, daß die Ungetüme warm sind, stellenweise sogar empfindlich heiß! Kein Wunder, daß ihnen dabei der Schweiß aus allen Poren dringt!

In der That, aus tausend Rissen und Löchern spritzt und sprudelt und dampft es. Es sind winzige

Geiserchen, die da ihre ersten, putzigen Speiversuche
machen. Sie bringens kaum ein paar Zoll hoch. Ihre
Kratermäulchen sind meist so klein, daß wir sie leicht
mit einer Fingerspitze zustopfen könnten.

Es ist ein beständiges Gurgeln, Zischen und
Puffen zu unseren Füßen, zuweilen vernehmen wir
auch ein dumpfes, unterirdisches Brummen und gewahren
ein leises Schüttern und Beben des Bodens. Ganz
besonders deutlich spürten wir diese, sich mehrfach
wiederholenden leichten Erderschütterungen einige
Stunden später, des Nachts in unseren Betten.

---

2. Das Norris-Geiserbecken.

Die gelbe Schlucht am Gardinerfluß. — Die Apollinarisquelle. —
Ein Glasberg. — Der Bibersee. — Das Hotel am Norrisbecken. — Der erste Bär. — Die ersten Geiser.

Am andern Morgen standen vier oder fünf Stell=
wagen vor dem Hotel bereit, um die seit dem vorher=
gehenden Tag angekommenen Gäste in das Innere
des Wunderlandes zu entführen.

Wohl selten oder nie befand sich in einer Reise=
gesellschaft des Yellowstone=Parks eine verhältnismäßig
so große Anzahl von Deutschen, wie diesmal. Wir
waren mit den drei Herren, die wir in Livingston ge=

troffen, ſechs an der Zahl und zugleich die einzigen
Vertreter der alten Welt, denn die übrigen Reiſenden
waren ſämtlich Amerikaner, darunter eine hohe Per-
ſönlichkeit, der Staatsſekretär des Innern mit ſeiner
ganzen Familie, deren jüngſtes Mitglied jedoch weniger
für die großen Natureindrücke, als vielmehr für die
reelleren Genüſſe, die ihm die Bruſt ſeiner ſchwarzen
Amme bot, empfänglich zu ſein ſchien. Man fängt in
Amerika ſehr früh an zu reiſen.

Der uns zugeteilte Wagen, den wir während der
ganzen ſechseinhalbtägigen Tour beibehielten, beherbergte
außer uns Dreien noch zwei Herren und eine Dame
(Amerikaner) aus Honolulu und einen jungen Soldaten
der Parkbewachung, der ſich zu unſerem Erſtaunen als
geborner Deutſcher entpuppte, erſt vor vier Jahren
nach Amerika gekommen war, ſeine Mutterſprache aber
merkwürdigerweiſe ſchon faſt vollſtändig verlernt hatte.

Von Mammoth Hot Springs führt die Straße
in direkt ſüdlicher Richtung am Fuß des Bunſen-Peak
(2675 Meter) vorüber, zunächſt durch kräftige Nadel-
waldungen, die aber auch hier vielfach durch Brände
zerſtört ſind. Gewaltige Felstrümmer, einſt herab-
geſtürzt von den nahen Gebirgen, liegen in grauſer
Unordnung verſtreut zwiſchen den Stämmen des
Waldes.

Der Weg ſteigt ſtark bergan und zeichnet ſich
keineswegs durch beſondere Güte aus, die Pferde haben
ſchwere Arbeit, und auch uns wird es nicht leicht, bei
den beſtändigen Schwankungen und plötzlichen Sprüngen

des Wagens auf der manchmal hart an Abgründen vorbeiführenden Straße das Gleichgewicht des Körpers und der Seele zu bewahren.

Nach einer Stunde etwa gelangen wir in eine romantische Bergschlucht zwischen schroff aufsteigenden Lavafelsen, die eine ganz merkwürdige Färbung haben, so goldgelb schimmernd, als wären sie mit ungeheuren Massen jener weichen Blättchen überzogen, mit denen wir unsere Weihnachtsnüsse vergolden. Einer Moosart verdanken die Felsen ihren effektvollen Aufputz.

Am oberen Ausgang der gelben Schlucht, die hier den treffendgewählten Namen „Goldenes Thor" erhalten hat, stürzt der Gardiner über eine etwa sechzig Fuß hohe Felsentreppe schäumend in sein enges Bett hinab. Bei einer wackligen Holzbrücke hart am Rande des Abgrundes steht ein einsamer, länglicher Felsblock, der „Pförtner" genannt.

Und nun öffnet sich die Schlucht in ein weites, freies Hochplateau, in dessen Hintergrund sich eine stattliche Reihe eisgekrönter Gipfel erhebt: Der Mt. Holmes (3210 Meter), der Bannock-Peak (3150 Meter), die Quadranten, vier Pyramiden von wunderbarer Regelmäßigkeit (3085 Meter), und der Elektrik-Peak (3400 Meter), der höchste Berg des Yellowstone-Parks.

Herrlicher Sonnenglanz überflutet den ewigen Schnee der Bergriesen, die wir lange in Sicht behalten. Inmitten der Hochebene liegt ein kleiner, lieblicher See, der Swanlake, ein Kaltwassersee, was man hier in der Heimat der vulkanischen Seen besonders hervorheben muß. Weiterhin überschreiten wir zwei Gebirgsbäche, den Indian= und den Obsidian= oder Willow=Creek, die hier dem Gardiner zufließen, und wieder nimmt uns tiefer Nadelwald auf. Hunderte von kleinen, gestreiften Eichhörnchen tummeln sich fort= während und überall umher, zwischen dem Gestrüpp des Waldes, auf den umgestürzten Baumstämmen, auf dem Wege vor uns und hinter uns. Zuweilen erblicken wir im Dickicht, fast kaum zu unterscheiden von dem dürren Geäst, ein riesiges, abgestoßenes Geweih des Wapitihirsches. —

An einer Stelle machen wir Halt, der Kutscher weist auf einen schmalen Pfad, der in das Waldinnere führt; wir steigen ab und gelangen bald zu einer unter hohen Bäumen ganz versteckt liegenden kristallklaren, leicht moussierenden Quelle (Apollinarisspring), aus der wir uns der Reihe nach einen überaus erfrischenden, eiskalten Trunk natürlichen kohlensauren Wassers schöpfen.

Wir sind nach dieser angenehmen Abschweifung nicht lange weitergefahren, als wieder Halt gemacht wird. Neben uns, dicht an der Fahrstraße, erheben sich die merkwürdigen Obsidianfelsen. Eine etwa 200 Fuß hohe schroffe Wand, die aus tiefschwarzen, ziemlich regelmäßigen, sechskantigen Säulen gebildet ist.

Es sind Ströme vulkanischen Glases, die hier zu mächtigen Kristallen erstarrt sind. Wegen ihrer pris= matischen Absonderung gelten diese Obsidianklippen als ein geologisches Unikum, als ein Wunder. Überall auf

dem Wege liegen abgesplitterte, glänzend schwarze Stücke
umher, sie haben äußerst scharfe Spitzen und Kanten.
Die Indianer fertigten aus dieser Glaslava einst ihre
Pfeilspitzen, ihre Werkzeuge, Spiegel u. a.

Beim Bau der Straße, erwähnt Bädeker, wurden
die Obsidianblöcke gesprengt, indem man sie erst durch
Feuer erhitzte und dann mit kaltem Wasser übergoß.

Doch an dieser merkwürdigen Stelle ist es mit
dem einen Wunder nicht genug. Wir brauchen unsere
Blicke nur von den Glasfelsen weg nach der rechten
Seite des Weges zu wenden, um von einem zweiten
wunderbaren Bilde überrascht zu werden.

Da liegt ein ziemlich ausgebreiteter See vor uns
— wir fahren wohl zehn Minuten daran entlang —
ein See, der von zahlreichen, aus Baumstämmen, Gras-
büscheln und Gestrüpp überaus kunstvoll aufgebauten
Dämmen nach allen Seiten durchzogen wird. Und
schon sehen wir auch die merkwürdigen Baumeister selbst,
die Biber, wie sie dort und da zwischen ihren bewunderns-
würdigen Cottageanlagen geschäftig auf- und niedertauchen.

Jenseits des Bibersees überschreitet die Straße den
Green-Creek und hierauf — 2300 Meter hoch — die
Wasserscheide zwischen dem Gardiner, der in den
Yellowstone, und dem Gibbon, der in den Madison
fließt.

Gegen Mittag erreichen wir das 2212 Meter hoch
gelegene Norris-Hotel am Norris-Geiserbecken.

Das „Hotel" besteht aus einer langgestreckten, von
Leinwanddächern überspannten, luftigen Bretterbude, die

drei Abteilungen hat: die Vorhalle mit der „Office"
(Bureau und Kasse) und dem Waschraum — alles roh
aus Brettern gezimmert —, den niemals, selbst in diesem
Holzzelt nicht fehlenden Ladies=Room und den
„Speisesaal". Das „Norris=Hotel" dient übrigens
nur als Frühstücksstation. Ein äußerst lebhafter, fideler
Wirt, ein Irländer, empfängt die Gäste mit freundschaft=
lichster Vertraulichkeit, macht viel Lärm, leitet mit Eifer
und mit eingestreuten Witzworten die Bedienung bei
Tisch, greift selbst zu und sorgt dafür, daß keiner seiner
Gäste zu kurz kommt.

Es giebt Thee und Kaffee in großen Krügen,
kalte Braten, ausgezeichnete Eier, Früchte, Cakes, Bier,
Whisky, Apollinaris, und dieses verhältnismäßig einfache
Mahl in dem Bretterzelt am Norrisbecken hat uns
besser gemundet, als die meisten der raffinierten Dinners
in den Prachtsälen der amerikanischen Hotelpaläste.

Gleich nach dem Essen brechen wir auf, diesmal
zu Fuß, die Wagen folgen uns zwei Stunden später
nach; so viel Zeit ist uns zur Besichtigung des Geiser=
beckens gegönnt.

Unser Weg führt etwa eine Viertelstunde lang
durch Nadelwald bergan. Ich entdecke zwischen den
Bäumen ein mächtiges Wapitihirschgeweih, unterziehe
es einer genaueren Betrachtung und bleibe infolge
dessen etwas zurück. Da belehrt mich ein lauter Aus=
ruf der Überraschung seitens meiner vorausgehenden
Freunde, daß etwas ganz besonderes los sei. Ich eile
ihnen nach, komme aber leider schon zu spät. Ein Bär

war etwa 30 Schritte vor ihnen über den Weg getrottet und kurz bevor ich herankam, im nahen Dickicht leider wieder verschwunden. Ein paar Tage später, am Yellowstone=See, sollte ich für das Versäumte ent= schädigt werden. —

Eine ganz kurze Strecke schreiten wir noch bergan, da plötzlich mündet der Waldpfad in eine weite Lichtung, und vor uns ausgebreitet liegt das ungeheure Geiser= becken von Norris.

Welch ein überraschendes, seltsames, ja unheimliches Bild!

Man denke sich eine weit ausgedehnte, von dunkel= bewaldeten Höhen umschlossene Einsenkung, weiß wie ein Schneefeld, und überall, wohin das Auge sich wendet, aufjagende Dampfmassen, viel dichter, mächtiger, zahlreicher als auf der Höhe von Mammoth Hot Springs, dazwischen bald da, bald dort sprühende Wassersäulen, die von Dampfwolken umgeben, wie Springbrunnen aufsteigen, wieder versinken, nach kurzer Zeit mit erneuter Kraft abermals emporstürmen, um bald darauf wieder in ihre dampfenden Pfuhle zurück= zustürzen. Es sind die ersten wirklichen Geiser, die wir erblicken.

Es drängt uns, ihre nähere Bekanntschaft zu machen, und wir steigen hinab und mitten hinein in das dampfende Gewoge.

Die Luft, ringsum von Schwefelgeruch erfüllt, ist feucht und warm, der Boden weich und schlüpfrig, erhitzt von den unterirdischen Wassern. Unaufhörlich ein Tosen,

Brausen, Rauschen, ein Gurgeln und Paffen neben und unter uns.

Dennoch wandelt man auf diesem heißen Boden ganz ungestraft.

Ein ernster Unfall ist kaum zu befürchten, wenn man einigermaßen vorsichtig ist und die an gefährlichen Stellen angebrachten Warnungstafeln beachtet.

Der erste Geiser, den wir kennen lernen, ist der Black Growler, der schwarze Brummer. Eine riesige Dampfwolke entsteigt seinem schwarzen Schlunde.

Entweder wir haben ganz besonders Glück, oder die Ausbrüche des „Black Growler" folgen überhaupt rasch aufeinander, denn kaum sind wir dem unheimlichen Gesellen näher getreten, so läßt er auch schon sein unterirdisches Brummen vernehmen, höher und höher hebt sich die brodelnde Flut im Kessel und auffallend dichter ballt sich der Dampf — das sind die untrüglichen Vorzeichen einer nahenden Eruption. Wir haben hin= länglich Zeit, uns zurückzuziehen, um aus respektvoller Entfernung den Eintritt der Katastrophe zu erwarten.

Schon spritzt die zischende Flut in immer heftigeren Stößen meterhoch über den Rand des Loches empor, und mit einem Male braust es in die Lüfte, eine etwa 30 Fuß hohe Wassersäule. Kaum eine Minute lang spielt dieser siedende Springbrunnen in voller Höhe, dann sinkt er wiederum in den dampfverhüllten Abgrund zurück.

Im Norrisbecken sind alle Arten der Geiser — man unterscheidet deren hauptsächlich drei — in reicher

Anzahl und Mannigfaltigkeit, wenn auch nicht in den schönsten oder größten Beispielen vertreten.

Die erste der drei Hauptarten haben wir eben in dem „Black Growler" kennen gelernt. In seiner unmittelbaren Nähe finden wir die zweite, von der ersten grundverschiedene Geiserart, einen Schlammgeiser (Mud Geyser).

Eine dickbreiige, zähflüssige Masse, die beständig brodelt und Blasen aufwirft, erfüllt das Auswurfsbecken des Schlammgeisers. Auf einmal beginnt es wilder zu kochen, der dicke Brei gerät in ein breites Wogen und Wallen, in ein Brausen und Schäumen, endlich schwillt er, sich hoch aufwölbend, empor und überschwemmt die Umrandung des Beckens mit seinen massigen Wellen, nach allen Seiten hin schlammige Wurfgeschosse schleudernd. Bald darauf wälzt sich die unheimliche Masse unter Pfauchen und Grunzen wieder in ihren heißatmigen Pfuhl zurück und beruhigt sich nun fast augenblicklich.

Ein abzweigender Pfad führt uns zum Emerald-Pool, einem dampfenden See von bestrickender Schönheit, ganz ähnlich den Quellenseen von Mammoth Hot Springs. Er stellt die dritte der drei Geiserarten dar, die der Geiserseen. Das sich trichterförmig nach unten verengende Becken ist bis zum Rande mit tiefgrünem, wunderbar klarem, durchsichtigem Wasser gefüllt. Wir sehen in der sonnendurchleuchteten Tiefe zauberhafte Gebilde, bläuliche Grotten, dunkelgrüne Landschaften, hellschimmernde Bauwerke, korallenartige Verzweigungen von unbeschreiblich schöner Färbung.

Es soll im Quellgebiet des Yellowstone mehrere Tausend solcher Geiserseen geben, wir sind an hunderten vorbeigekommen, und immer wieder haben wir mit neuer Überraschung, mit neuem Entzücken unsern Blick in ihre blaugrünen, märchenhaften Tiefen versenkt. Die Temperatur all dieser Geiserseen schwankt zwischen 70 und 90° des hundertteiligen Thermometers.

Wir setzen unsern Rundgang fort und kommen zum „New=Crater", einem Doppelgeiser, der aus zwei dicht nebeneinander liegenden, in schräger Richtung aufgebauten Schlöten in jeder Minute dicke, schäumende Wasserstrahlen aufspeit.

Nicht weit vom New=Crater herrscht der „Monarch", der imposanteste Geiser des Norrisbeckens. Er würdigt uns leider keines Ausbruchs, er haucht uns nur aus gewaltigem, halbkreisförmigem Felsenrachen seinen heißen, dampfenden Odem entgegen.

Wir besuchen noch den „Perlengeiser", einen jener herrlichen, blaugrünen Zauberspiegel — und endlich den „Minutenmann", einen kleinen Geiser, der nicht viel Zeit verliert und regelmäßig nach einer Ruhepause von nur einer Minute seinen kochenden Wasserstrahl ein paar Meter hoch aufsteigen läßt.

Nun wenden wir uns wieder der Fahrstraße zu, wo wir unsern Wagen zu erwarten haben.

3. Das Untere, Mittlere und Obere Geiserbecken.

Ein Waldbrand. — Im Thal des Fireholeflusses. —
Die Riesenfarbentöpfe. — Wir werden verhaftet. — Der Höllen=
acker. — Der Prismatische See und der gewaltigste Geiser der
Welt. — Geiserausbrüche.

Der Tag war wundervoll, das Wetter von un=
vergleichlicher Klarheit. Und dennoch war der Himmel
in nordöstlicher Richtung von gewaltigen, dicken, grau=
schwarzen Wolkenmassen verdüstert!

Dort wütete seit ein paar Tagen schon ein un=
geheurer Waldbrand, der meilenweite Forste des Parks
verheerte. Gleich drohenden Gewitterwolken standen
die Rauchmassen über dem flammenden Bezirk. Als
wir nach sechs Tagen den Park verließen, war man
des Elementes noch nicht Herr geworden. Immer
noch stieg der gewaltige dunkle Qualm zum Himmel. —

Vom Norris=Geiserbecken fuhren wir in süd=
licher Richtung weiter und kamen zunächst durch
das grüne, „Gibbonmeadows" (Gibbonwiesen) genannte
Thal. Hier bot sich uns ein blutiges Schau=
spiel. Auf der Wiese nahe am Fahrweg hatten zwei
riesige Geier ein noch zuckendes Schaf unter ihren

Klauen und wühlten mit bluttriefenden Schnäbeln in den aufgerissenen Eingeweiden ihres Opfers. Sie waren mit solcher Gier in ihr gräßliches Geschäft vertieft, daß sie uns kaum zu bemerken schienen, als wir lärmend und schreiend an ihnen vorüberfuhren. Hätte ich jetzt eine Flinte zur Hand gehabt! Aber die Gesetze des Nationalparks verbieten den Besuchern das Tragen von Schußwaffen. Die Geier scheinen das zu wissen. —

Jenseits Gibbonmeadows führt die Straße bergab, immer dem Lauf des Gibbon folgend.

Wir überschreiten den Fluß einigemal auf wackelnden Holzbrücken, ein paarmal müssen wir ohne Brücke einfach quer durchs Wasser, wobei unser Wagen auf dem steinigen Flußbett verzweifelte Sprünge macht — und wir mit ihm.

In der wildromantischen Felsenschlucht des Gibbon, in die wir nach etwa einstündiger Fahrt gelangen, wird es wieder vulkanisch.

Eine Menge von Geisern und Geiserseen dampfen und sprühen rechts und links vom Fahrweg, manche ganz dicht am Flußufer, und von nah und fern rieseln ihre überschüssigen heißen Wasser in schwefelgelben und rostbraunen Rinnen dem Flusse zu. Wir bewundern vom Wagen aus einen der schönsten jener berückenden blauen Weiher mit ihren unterseeischen Zaubergebilden, den Beryll-Spring.

Die Fahrt durch den Gibbon-Cañon ist außerordentlich genußreich. Unausgesetzt werden wir durch neue Schönheiten gefesselt, die sich mit den Windungen des Weges unserem Auge erschließen, wechselvolle, überraschende Landschaftsbilder, bei denen bald die Felsenmassen, bald der schattige Hochwald, bald der rauschende Gebirgsfluß eine hervorragende Rolle spielen.

Am unteren Ende der Schlucht wird der Gibbon zum schäumenden Katarakte, der, von waldbekränzten Steilwänden umschlossen, über eine 84 Fuß hohe Felsenrampe in breiten Wellen in den Abgrund rauscht. Ein wundervoller Schlußeffekt, mit dem er sich von uns verabschiedet! Er wendet sich nach Westen dem Madison entgegen, unser Weg geht nach Süden und senkt sich allmählich in das Thal des Firehole-Flusses hinab.

In weiter Ferne schimmern die weißen Gipfel des gewaltigen Teton-Gebirges (4270 Meter).

Um 6 Uhr langen wir am neuen Fountain-Geiser-Hotel an, unserer zweiten Nachtstation.

Nun sind wir im Gebiet der großen Geiserbecken am Firehole-Fluß, des Unteren, Mittleren und Oberen Beckens. Sie besitzen die gewaltigsten Geiser der Erde, neben denen der berühmte Große Geiser auf Island, von dem diese heißen Springquellen ihren Namen haben, zur Bedeutungslosigkeit herabsinkt. Sie besitzen Schlammgeiser und Geiserseen, die an Schönheit der Formationen und des Kolorits nicht ihresgleichen haben auf der bekannten Erde.

Wir befinden uns zunächst im Unteren Geiserbecken, bleiben hier im Fountain-Geiserhotel über Nacht, um am folgenden Tag das Mittlere und Obere Becken zu besuchen.

6*

Nach dem Dinner steigen wir die dem Hotel gegenüberliegende kahle, weiße Anhöhe hinan. Wir schreiten
über krustigen, warm überrieselten Boden und erreichen
in wenigen Minuten das weite Hügelplateau, wo aus
vielen Hunderten von heißen Quellen und mehreren
Dutzenden von Geiserpfuhlen Dampf und kochender
Wasserschwall aufwirbelt.

Hier herrscht der großartige Fountain-Geiser. Wir
treten an den Rand seines Kessels, der etwa 12 Meter
im Durchmesser hat. Da unten träumt ein ruhiger,
klarer blauer See. Ist es zu glauben, daß diese schöne
stille Flut alle zwei bis drei Stunden in einen so
zügellos wilden, gigantischen Aufruhr gerät?! —

Leider sollte uns das grandiose Schauspiel an
diesem Abend infolge eines unerwarteten Zwischen-
falles vorenthalten bleiben.

Wir waren nämlich, um die Zeit bis zum nächsten
Ausbruch, der etwa in 1½ Stunden erfolgen sollte,
würdig auszunützen, in eine nahe, von niederem Nadelgehölz umgrenzte Lichtung getreten, um die dort gelegenen, überaus merkwürdigen, wundervollen Mammoth
Paint Pots (Riesenfarbentöpfe) oder mud puffs zu
besichtigen.

Das ist eine Schlammgeiser-Gruppe von unbeschreiblich schöner Färbung. In den zartesten hellen
Tönen, in Schneeweiß, Rosa und duftigem Grün leuchtet
die Umrahmung der verschiedenen Becken, die eine
weißliche oder blaßrosafarbige, breiige Masse enthalten,
aus der allerorten mit eigentümlich puffendem Ton

Blaſen aufſpringen, wobei fortwährend kleine Pätzchen
emporgeſchleudert werden, die in ſeltſamen Formen,
Arabesken und Blumen vergleichbar, in den brodelnden
Brei zurückfallen.

Rings um die Becken verſtreut erheben ſich kleine
Pyramiden von verſchiedener Größe, von entzückender
Färbung: grünlichgelbe, aſchgraue, lachsfarbene, zartröt-
liche, ſchneeweiße Miniaturvulkane, in denen ein milch-
weißer oder roſiger Schlamm brodelt und pufft.

Freund Meyer machte mich auf einen dieſer zart-
geformten, reizvoll gefärbten, winzigen Kraterkegel beſonders aufmerkſam, indem er mit der Fußſpitze die zierliche
Formation leicht berührte, ohne damit auch nur den
geringſten Schaden anzurichten. — Da kam aus dem
nahen Fichtenwäldchen ein Parkſoldat auf ihn zu mit
der Behauptung, er habe die Formation beſchädigt
und dadurch gegen die Schutzvorſchriften des Parks
verſtoßen, weßhalb er ihn verhaften und ſeinem Vor-
geſetzten vorführen müſſe. Da half kein Widerſtreben.
Der pflichteifrige Soldat war taub gegen unſere Un-
ſchuldsbeteuerungen, trotzdem wir ihm die gänzliche
Unverſehrtheit des kleinen Kraters durch den Augen-
ſchein erweiſen konnten. Meyer mußte ihm alſo folgen,
wir beiden anderen durften ſelbſtverſtändlich unſern
Freund nicht im Stich laſſen, umſoweniger, als ich,
der ich die „verbrecheriſche Handlung“ aus nächſter Nähe
mitangeſehen hatte, als Entlaſtungszeuge dienen konnte.

Der Soldat beſtieg ſein Pferd, und wir wurden eskor-
tiert. Die Lagerſtation der dieſes Parkgebiet bewachenden

Truppenabteilung befand sich etwa zwei Meilen nördlich vom Fountain = Geiserhotel. Dahin wurden wir nun — bei einbrechender Dunkelheit — von unserer reitenden Eskorte transportiert. Der rohe Geselle forderte uns ein paarmal auf, schneller zu gehen, wogegen wir uns natürlich mit gerechter Entrüstung verwahrten.

So wanderten wir denn, bereits ermüdet von den Reisestrapazen des Tages, durch die dämmernde Landschaft, mitten im Felsengebirge Nord=Amerikas, der Gefangenschaft entgegen . . .

Der reitende Bursche hinter uns hatte noch die Niedertracht, lustige Weisen vor sich hinzupfeifen. Wahrscheinlich freute er sich, für heute seines langweiligen Wachtdienstes da oben überhoben zu sein, ins Lager zurückkehren zu können und überdies noch das Lob des Vorgesetzten für seinen Diensteifer einzuheimsen. Die Situation war für uns ziemlich bedenklich, denn wenn man der Aussage des Soldaten mehr Glauben schenkte, als der unsrigen, so konnte es bei der großen Strenge der Parkjustiz leicht passieren, daß Meyer — und wir natürlich mit ihm — ohne weiteres mit militärischer Begleitung per Schub an die Grenze gebracht wurden! Denn das war die gelindeste der Strafen für das uns zur Last gelegte Vergehen.

Unsere Lage konnte um so bedenklicher werden, als ich noch obendrein das Corpus eines wirklich verübten Delicts in Gestalt eines Steingebildes, das ich mir kurz vor Meyers Verhaftung unbemerkt vom Rande

eines Geiserbeckens angeeignet, in meiner Rocktasche
trug. Würde es beim Verhör und einer eventuellen
Leibesuntersuchung entdeckt werden, dann war unser
Schicksal besiegelt.

Ich zerbrach mir während unserer Wanderung
vergeblich den Kopf, wie ich den gefährlichen Stein
wohl unbemerkt verschwinden lassen könnte. Ein paar=
mal war ich nahe daran, ihn verstohlen ins Gras
fallen zu lassen; aber bei der glänzenden Weiße des
Steines war das ein gewagtes Unternehmen. Der
Soldat ritt dicht hinter uns und ließ uns nicht aus
den Augen.

So mußten wir denn unserem Schicksal gelassen
entgegengehen.

Nach einer Stunde etwa waren wir in der Nähe
des Zeltlagers angekommen. Wir wollten eben eine
hölzerne Brücke an der Gabelung des Firehole= und
Nez=Percé=Flüßchens überschreiten, als ein Offizier zu
Pferde herangesprengt kam. Er machte vor uns Halt,
nahm die Meldung des Soldaten entgegen, frug nach
unseren Namen und begann auf der Stelle uns zu
verhören.

Er mußte wohl sogleich den Eindruck gewonnen haben,
daß er es hier nur mit ehrlichen Bewunderern, nicht
mit mutwilligen Zerstörern der seinem Schutz befohlenen
Naturschöpfungen zu thun hatte, entließ den Soldaten
und forderte uns auf, in seiner Begleitung wieder nach
dem Hotel zurückzukehren. Der Untergebene habe nur
seine ihm streng vorgeschriebene Pflicht gethan. Er

selbst wolle sich zwar morgen früh das Objekt am
„Thatort“ einmal ansehen, aber für uns sei die Sache
nunmehr erledigt.

Ein Stein fiel uns vom Herzen — der, den ich
in meiner Tasche trug, nicht minder, denn ich konnte
ihn nun ungestraft nach Berlin mitbringen.

Wir atmeten fröhlich auf.

In dem bildschönen jungen Offizier, der vom
Pferde gestiegen war und es am Halfter führend nun
mit uns den Rückweg antrat, lernten wir einen überaus liebenswürdigen, feingebildeten Mann kennen, mit
dem wir noch am Abend auf der Veranda des Hotels,
wo er sich bei den anwesenden Damen besonderer Be-
liebtheit erfreute, unsere so ernsthaft begonnene Unterhaltung in fröhlichster Weise fortsetzten.

18. Juli. Zu früher Stunde besteigen wir wieder
unsren Wagen zur Fahrt nach dem Mittleren und
Oberen Geiserbecken.

Der Weg ist ziemlich eben und führt durch herrlichen
Nadelwald am Firehole=Fluß entlang.

Etwa eine Stunde sind wir unterwegs, da öffnet
sich der Wald plötzlich in eine große Lichtung, auf der
alle Vegetation wie weggefegt ist.

Wir befinden uns am Mittleren Geiserbecken. Im
Hintergrund, am jenseitigen Ufer des Firehole schließt
sich der Wald wieder kreisförmig zusammen, als wolle er
das Mysterium hüten, das hier in seinem Innern
waltet.

Wir verlaſſen den Wagen und betreten das kahle, weißlichgraue, unheimliche Gefilde, das den Namen Hells Half Acre — Höllenacker — erhalten hat. Hier in waldumſchloſſener Einſamkeit liegt der größte und herrlichſte heiße See, der „Prismatic Lake“, und in ſeiner Nähe der furchtbarſte Geiſer der Welt, der Excelſior.

Der Prismatiſche See erregt ſchon aus der Ferne unſer Staunen. Die Dampfwolken, die er entſendet, leuchten und ſchimmern in allen Farben des Regen= bogens! — ein zauberhafter Effekt, der vom Widerſchein des bunten Seebodens hervorgebracht wird.

Das flache Becken, welches 120 Meter lang und 75 Meter breit iſt, quillt beſtändig über. Die kleinen Waſſerläufe durchziehen die ganze Umgebung in zahlloſen Rinnen, die von den Nieder= ſchlägen intenſiv gelb und zinnoberrot gefärbt ſind.

In nächſter Nachbarſchaft des Prismatiſchen Sees liegt der Türkiſenſee, ein 30 Meter weites Becken mit einer goldgelb gefärbten Umrandung. Seine klare tiefe Flut ſchillert in allen Nuancen des Himmelblau.

Und nun treten wir mit Ehrfurcht und Schaudern an die gewaltige, wildzerklüftete Kraterſchlucht des un= geheuerſten und ſchrecklichſten Geiſers der Welt, des Excelſior.

Ein Geiſerrachen von 120 Meter Länge und 60 bis 70 Meter Breite!

Wenn der Dampf, von einem Windzug erfaßt, auf einen Augenblick zur Seite weicht, können wir in den furchtbaren Schlund hinabſchauen. Da unten tobt und

braust in wildester Bewegung ein schauriges Meer, aus
dem mächtige Felsblöcke wie Riffe und Klippen empor=
ragen. Die Ränder des Kraters erheben sich fünf bis
sechs Meter über die Oberfläche der stürmisch siedenden
Flut.

Dieser gewaltigste Geiser des Erdballs war, mit
einer kurzen Ausnahme 1890, seit 1888 nicht mehr
thätig. Seine Ausbrüche sind nach den Aussagen der
Augenzeugen von entsetzenerregender Gewalt.

Auf eine deutsche Meile weit wird der Donner dieser
Wasserexplosionen vernommen, die den Erdboden er=
schüttern und die ganze Landschaft in weitem Umkreis
mit undurchdringlichem Dampf verhüllen.

Paul Lindau schreibt in seinem ausgezeichneten
Buch über den Yellowstone=Park:*) „Den Großen
Geiser auf Island übertreffen die Hauptgeiser des
Oberen Beckens schon um das Doppelte, ja Dreifache
an Kraft. Aber auch diese Riesen sind im Vergleich
zum Excelsior Schwächlinge und erbärmliche Wichte.
Die vom Großen Geiser auf Island ausgespieene Wasser=
säule ist etwa 7 Fuß dick und erreicht eine Höhe von
80—90 Fuß. Was bedeutet das dem Excelsior gegenüber,
der aus seinem vulkanischen Schlunde eine entsetzen= und
schaudererregende, siedendheiße Sturmflut mit wildauf=
spritzenden Wassergarben aufjagt, eine ungeheuerliche
Wasserwand, die in ihrer Gestaltung der vom Sturm
angeblasenen Lohe eines mächtigen Brandes mit züngelnden

*) Altes und Neues aus der Neuen Welt, II. Band.

Flammen vergleichbar ist. Bis zur Höhe von 300 Fuß schießen die Wasserzacken dieser vulkanischen Sturmflut in die Luft, und bis zur Höhe von etwa 100 Fuß hat sie eine geradezu fabelhafte Dicke . . . . . .

Unter unaufhörlichem, dröhnendem, donnerartigem Brüllen und Heulen tobt das heiße Wasser aus dem siedenden Maule auf. Die Erde erbebt. Die abgebröckelten Stücke des Beckens werden wie Federbälle ein paar hundert Fuß hoch ausgeworfen. Die meisten bersten und springen bei ihrem jähen Sturz von der Höhe auf den Boden. Einige aber halten Stand. Oberst Norris hat eines der schwersten dieser Steingeschosse gewogen und giebt dessen Gewicht auf 100 Pfund an! Die Eruptionen des Excelsior sind wegen dieser Steinwürfe auch die einzigen, die für den Beschauer nicht ungefährlich sind. Der niederfallende Wasserschwall läuft in zwei Hauptkanälen in dampfenden Sturzbächen zischend und schäumend in den Fluß. Bald ist das ganze Thal in eine einzige Dampfwolke gehüllt, aus der die Dampf= säule über den spritzenden Geiser wirbelnd und wogend an die tausend Fuß hoch steigt. Darüber sind alle einig: Das Schauspiel des ausbrechenden Excelsior hat seinesgleichen nicht auf der ganzen Erde.

Wir mußten uns damit begnügen, aus dem Riesen= hexenkessel nur die ungeheure, breite weiße Dampfwolken= masse, wohl bis zu einer Höhe von 400 Fuß, aufsteigen zu sehen. Dicht darüber hin, als ob ihnen die feuchte Wärme wohlbehagte, zogen zwei große Adler ihre majestätischen Kreise. —

Wir kehren zum Wagen zurück und fahren weiter nach dem Oberen Geiferbecken, das wir nach etwa anderthalbstündiger Fahrt erreichen. Eine Anzahl heißer Quellen und Geifer liegt so nahe am Fahrweg, daß wir sie von unserem Wagensitz aus bequem besichtigen können.

Durch besondere Schönheit und Eigenart sind uns die nachstehenden aufgefallen: Die Artemisia, ein tiefblauer Wasserspiegel mit einer blendend weißen Umrahmung, welche die vollkommene Täuschung erweckt, als wäre sie aus frischgefallenem Schnee, aus Eisblumen und Eiskristallen gebildet; der Fächergeifer, der beim Ausbruch seine sprühenden Wasserstrahlen fächerartig, wie ein Pfauenrad, ausbreitet; der Mortar-Geifer, dessen schiefstehender Kraterschlot mit einem mächtigen Feuermörfer Ähnlichkeit hat; der Grottengeifer, ein etwa drei Meter hoher, zerklüfteter Kraterhügel mit zwei höhlenartigen Schlünden, zwischen denen in schräger Richtung eine wuchtige Steinkeule herausragt; und endlich als interessantester von allen der große CastellGeifer, der um sein Kraterloch eine hohe Felsenburg mit zerfallenen Mauern, Türmen, Zinnen und Thoren aufgebaut hat. —

Gegen elf Uhr langten wir am Oberen GeiferHotel (2250 Meter) an, das nur als Frühstücksstation dient. Zum Übernachten kehrt man zum FountainGeifer-Hotel zurück.

Nachdem unser Äußeres von den obligaten Staubschichten, die sich während der Fahrt über uns gelagert

hatten, gereinigt war, stiegen wir den vom Hotel aus
sanft ansteigenden, grauweißen Sinterhügel hinan, den
der „Old Faithful", einer der bedeutendsten Geiser des
Parks, beherrscht.

Er verdient seinen Namen, der „Alte, Getreue",
denn er ist der zuverlässigste und pünktlichste aller großen
Geiser und giebt in Zwischenräumen von 60 bis
65 Minuten regelmäßig seine großartige Vorstellung.

Die Umrandung seiner Krateröffnung ist einfach,
unscheinbar, eine schmutziggraue, flache Aufwölbung ohne
bemerkenswerte Formation.

Wir stiegen bis zum äußersten Rand des dampfenden Loches hinauf. Aus der Tiefe ließ sich ein
dumpfes Tosen vernehmen. Es dauerte kaum zehn
Minuten, als plötzlich ein stürmisches Aufrauschen, das
von unterirdischen Donnern begleitet war, den nahenden
Ausbruch verkündete.

Erwartungsvoll wichen wir zurück. —

In wundervoller Steigerung entwickelte sich nun
das grandiose Schauspiel vor unsern staunenden Augen.

In kurzen Zwischenpausen schossen zunächst schäumende Fontainen auf, immer höher und heftiger,
allmählich bis zu einer Höhe von etwa 30 Fuß. Dann
erst, nachdem sie die stattliche Schaar ihrer schimmernden
Herolde vorausgesandt, entstieg mit dröhnendem Donner-
hall die majestätische Wassergewalt in ihrer ganzen
Herrlichkeit den unterirdischen Reichen. Wohl 150 Fuß
hoch reckte sie ihr dampfverschleiertes Haupt in die
Lüfte, und etwa fünf Minuten lang blieb sie in voller

Höhe, strahlend im Sonnenlicht, wie von Millionen Brillanten durchsprüht.

Der Eindruck dieses Schauspiels ist überwältigend. Und als nach wenigen Minuten die königliche Fontaine mit ihrem schäumenden Gefolge wieder in die Unterwelt hinabgesunken war, traten wir abermals dicht an den obersten Rand des Kraters und starrten, noch immer in sprachloser Ergriffenheit, in die Tiefe, aus der ein unaufhörliches, dumpfes Tosen und Grollen zu uns heraufdrang.

Der Geiser hatte mit seinem gewaltigen Sprüh= regen den Boden ringsum seicht überschwemmt und all die kleinen graubraunen Sinterschalen gefüllt, die nun auf einmal im farbenschillernden Spiegel des klaren Geiserwassers ihre Unscheinbarkeit verloren und einen entzückenden Anblick boten.

Wir waren in dieser Stunde von ganz besonderem Glück begünstigt, denn kaum hatten wir uns von dem erschütternden Eindruck der eben erlebten Wunder erholt, als ein Parksoldat, der sich zwei jungen Ladies als galanter Führer zugesellt hatte, uns zurief, wir sollten eiligst kommen, der „Beehive", der Bienenkorbgeiser, der ein paar hundert Schritte vom Old Faithful entfernt liegt, beginne zu speien!

Das war ein seltenes Glück, denn der Beehive, ein Krater von bienenkorbähnlichem Aussehen, der glatt, ohne weitere Bildung von Stufen oder Terrassen, etwa 4 Fuß hoch aus dem Boden herauswächst, „spielt" nur in Pausen von zehn bis dreißig Stunden. Die Eruption ist eigenartig und ganz verschieden von allen andern Geiserausbrüchen. Wie aus einer senkrecht gen Himmel gerichteten Riesenkanone schießt aus dem Kraterschlot des Beehive ein einziger, etwa 3 Fuß dicker, gewaltiger Wasserstrahl vollkommen geradlinig und ungeteilt mit explosiver Gewalt bis zu einer Höhe von über 200 Fuß empor! Man kann infolgedessen während des Ausbruches in unmittelbarer Nähe des Kraters stehen bleiben, denn die kochend heiße, mit rasender Gewalt und Schnelligkeit aufjagende Wassersäule verdampft teilweise an der Luft oder fällt ungeteilt, senkrecht wieder in den Geiserschacht zurück.

In Gesellschaft des Parksoldaten, der beiden Ladies und unserer drei Landsleute, die der Ausbruch des Beehive herbeigelockt hatte, setzten wir hierauf unsern Rundgang durch das Geiserreich am Firehole fort, das auf dem verhältnismäßig knappen Raum von 4 engl. Quadratmeilen (= 10,360 Quadratkilometer) gegen vierzig große Geiser und zahlreiche Geiserseen vereinigt.

Wir sahen die Riesin „Gianteß", die bei ihrem Ausbruch 250 Fuß hoch steigen soll, unweit davon den „Sponge", dessen Umrandung in Farbe und Struktur einem ungeheuren Schwamm in der That sehr ähnlich sieht.

Dann kamen wir zum „Löwen", der „Löwin" und ihren „Jungen".

Leider sahen wir kein Mitglied der Löwenfamilie ganz „wild" werden. Sie hauchten uns nur mit ihrem heißen Atem an und ließen es bei ein paar kleinen Spuckproben bewenden.

Ein reizendes Gebilde lernten wir in dem so=
genannten „Schmetterling" kennen: ein braunroter Leib,
zwei symmetrisch ausgespannte Flügel mit prächtig ge=
färbten, ausgezackten Rändern, die tieferliegenden Felder
innen mit tiefblauem Wasser angefüllt; die Ähnlichkeit
mit einem Riesenschmetterling, der ausgebreitet auf dem
Boden liegt, ist ganz überraschend!

Wir besuchten noch den „Grand", dessen Ausbrüche
(bis zu einer Höhe von 200 Fuß) sehr schön sein sollen,
den dicht dabei liegenden „Young Faithful" oder
„Economic", den wir zweimal spielen sahen, da er
regelmäßig alle fünf Minuten losgeht und endlich den
imposanten „Giant", den Riesen, einen großen, terrassen=
förmig aufsteigenden Kraterkegel, der beim Ausbruch
eine über 200 Fuß hohe Wasserkaskade emporschleudert.

Hier endete unser erster Rundgang, und wir kehrten
über den Old Faithful, den wir wieder — zur vor=
schriftsmäßigen Zeit — in seiner ganzen Kraft und
Herrlichkeit ausbrechen sahen, zum Hotel zurück.

Nach dem Lunch hielten wir eine kurze Siesta auf
der Veranda des Hotels und sahen von da aus den
dritten Ausbruch des nahen Old Faithful und fast
gleichzeitig in der Ferne die kolossale, über 100 Fuß
hohe Wassersäule des ausbrechenden Castell=Geisers.

Eine unvergeßliche Scene: diese zwei wild auf=
stürmenden Wasservulkane inmitten einer herrlichen, wald=
bekränzten Berglandschaft! —

Auf dem zweiten Rundgang, den wir nach kurzer
Rast unternahmen, indem wir vom Hotel aus einen

nach Nordwesten führenden Pfad einschlugen, besuchten wir zwei farbenprächtige Geiserseen, den Emerald= und Sunshine=Pool, und dann den merkwürdigen „Specimen Lake", ein weites, fast ganz ausgetrocknetes Becken in aufs Bunteste durcheinander gemischten Farben. Das ganze sieht aus, wie ein Riesengemälde allermodernster Richtung, aus dem kein Mensch klug wird. In dem wasserlosen Becken eingebettet liegen zahllose, zu farbigen Blöcken versteinerte Baumstämme.

Von hier aus gelangten wir zur „Punschbowle", einem kleinen Geiser von wundervoller Gestaltung und Färbung. Sein Becken gleicht in der That einer prunk= vollen Schale von Goldbronze.

Aus einiger Entfernung schimmerte zwischen dunkel= grünem Nadelgehölz die White Pyramide herüber, der ziemlich hohe, schneeweiße Kegel eines erloschenen Geisers.

Der Rückweg führte uns beim Grotten= und Castell= Geiser zur Fahrstraße, auf der wir in kurzer Zeit das Hotel wieder erreichten.

Bald darauf verließen wir, reich an unvergänglichen Eindrücken, dieses urweltliche Stück Erde und kehrten auf demselben Weg, auf dem wir am Morgen gekommen waren — am Excelsior, am Prismatischen See vorüber — zum Fountain=Geiserhotel zurück. —

Der unvergeßliche Tag konnte für uns keinen effektvolleren, überwältigenderen Abschluß haben, als durch das Schauspiel des ausbrechenden Fountain= Geisers, um das wir am Tage vorher so grausam be= trogen worden waren.

Der Fountain=Geiser übertrifft durch die ungeheure Breite und Dicke des von ihm ausgestoßenen Wasser= schwalles alle großen Geiser des Parks, den Excelsior natürlich ausgenommen.

In spannungsvoller Erwartung standen wir um das mächtige Kraterbecken versammelt. Es mußte bald losgehen, denn über zwei Stunden waren seit der letzten Eruption verflossen, und der Fountain braucht regelmäßig 2½ bis 3 Stunden, um sich zu erneuter Thätigkeit aufzuraffen. Noch lag die blaue Wasserfläche völlig ruhig vor uns; doch schien es, als ob sie in langsamem, kaum merklichem Steigen begriffen wäre.

Auf einmal begann es an den Rändern des Riesen= kessels leise zu brodeln, stärker und immer stärker auf= zuwallen, zu sieden, und schließlich einige Fuß hoch aufzuzischen. Allmählich geriet die ganze kochende Flut, gleich der Oberfläche eines wildwogenden Meeres, in heftigste Bewegung, und urplötzlich brauste sie in ihrer ganzen Breite — etwa 30 Fuß dick — mit donnerndem Getöse hoch in die Lüfte, nach allen Seiten hin ungeheure Wassergarben hinausschleudernd. Und diese aufgepeitschte Sturmflut sauste und brauste wohl zehn Minuten lang in unverminderter Kraft und Mächtigkeit aus dem Höllen= schlund empor!

Darüber wölbte sich ein wundervoll klarer Abend= himmel, über den blauschwarzen Bergen in der Ferne standen rotleuchtende Wolken, die Sichel des Mondes sah bleich hernieder auf diesen Wutausbruch da unten im Antlitz des mütterlichen Gestirns. — .

4. Der Yellowstone-See.

Farbige Schlammgeiser. — Ein Geiserfee als Forellen=
siedetopf. — Der zweite Bär. — Im Seehotel. —
Heimliche Zecher.

Wir übernachteten zum zweitenmal im Fountain=
Geiser=Hotel und am andern Morgen brachen wir zeitig
wieder auf. Wir fuhren zum drittenmal am Mittleren
Geiserbecken vorüber — unsere Blicke schweiften diesmal,
den letzten Abschied nehmend, zu dem dampfenden Riesen=
pfuhl des Excelsior, zum farbenschimmernden Prismatischen
See hinüber —, machten am Oberen Geiserhotel eine
kurze Rast, während welcher der liebenswürdige Old
Faithful uns nochmals eine unwiderruflich letzte Vor=
stellung gab und kamen, hierauf weiterfahrend, zu den
Kepler=Kaskaden, wo der Firehole in einer Reihenfolge
kleiner Fälle über 100 Fuß hoch hinabstürzt.

Nachdem wir etwa fünf Stunden tüchtig bergan
gefahren, überschritten wir auf einer Höhe von ca.
2500 Metern die pacifisch=atlantische Wasserscheide. Dann
ging es wieder bergab über einen tiefer gelegenen Bergrücken,
und da öffnete sich mit einem Mal der Blick auf den
Yellowstone=See und die herrliche weite Wald= und
Gebirgslandschaft, die diesen riesigen Alpensee umschließt.
Er hat einen Flächenraum von 140 engl. Quadratmeilen
(ca. 363 Quadratkilometer), einen Maximal=Durchmesser
von 18 Meilen (ca. 30 Kilometer), liegt 2360 Meter

7*

über dem Meer, ist demnach der größte See der Erde in
solcher Höhe. Seine topographische Gestalt gleicht einer
Hand mit dem Daumen und drei Fingern.

Am „Daumen", bei der Westbai, erreichten
wir sein Ufer gegen ein Uhr mittags. Hier befindet sich
Larrys Frühstücksstation, ein großes, mit Leinwand
überspanntes Bretterzelt. Gleich nach dem Lunch benützte
ein Teil der Reisegesellschaft den in der Bai vor Anker
liegenden Dampfer zur Überfahrt nach dem Yellowstone=
See=Hotel, während wir es vorzogen, unserem Wagen
treu zu bleiben, weil uns bis zu dessen Abfahrt noch
eine volle Stunde Zeit blieb, die wir der Besichtigung
einer Gruppe von Schlammgeisern widmen wollten,
auf deren Schönheit Bädeker besonders aufmerksam
macht.

Als der Dampfer eben in See stach, machten wir
uns auf den Weg. Wir entdeckten bald, was wir suchten.
Die Schlammgeiser, Paint Pots, Farbentöpfe, genannt,
lagen kaum ein paar hundert Schritte von der Station
entfernt.

Sie erinnerten uns in ihren schönen, zarten Farben=
tönen von Rosa, Weiß, Grau, Gelb, Lachsfarben lebhaft
an ihre Namensvettern in der Nähe des Fountain=Geisers,
wo wir verhaftet wurden. Auch hier die schöngefärbte
breiige Masse, die allerorten aufbrodelt, aufspritzt und
in seltsamen Arabesken zurückfällt, auch hier kleine und
größere, regelmäßig geformte Kraterkegel von verschiedener
Färbung, aus deren Gipfelchen fast ununterbrochen kleine
puffende Ausbrüche erfolgen.

In der Nähe der „Farbentöpfe" liegen einige jener türkisblauen Wassertümpel, deren Schönheit uns während unserer Tour nun schon so oft in Entzücken versetzt hat. Es sollen ihrer siebzig hier an der Westbai verstreut liegen. Einer von ihnen befindet sich so dicht am See — die Basis seines Beckens wird von den Uferwellen bespült — daß häufig von Anglern das merkwürdige Experiment ausgeführt wird, eine Forelle aus dem See zu fangen und sie sofort in der heißen Quelle zu sieden. Der Angler braucht dabei nicht einen Zoll weit von seinem Standort zu weichen! —

Kaum waren wir von unserer kleinen Excursion zum Zelt zurückgekehrt, — ich hatte mir eben eine Flasche Bier bestellt und meine kleine Pfeife in Brand gesteckt, als der Ruf ertönte: „a bear, a bear!"

Wir eilten sofort nach der Waldlichtung hinter dem Zelt und richtig, da trottete langsam am Saum des dichten Forstes, etwa fünfzig Schritte von uns entfernt, ein großer brauner Bär! Freund Meyer faßte ihn in aller Eile mit seiner photographischen Falle ab — da verschwand er wieder im Dickicht des Waldes. Doch nur auf wenige Minuten. Ohne sich durch die ihn beobachtenden Leute abschrecken oder stören zu lassen, trat er wieder auf die Lichtung heraus, wo er sich auf dem weichen Grasboden gemächlich erging, wohl über fünf Minuten lang, so daß ihn Dr. Meyer nochmals in aller Ruhe photographisch aufnehmen konnte, wodurch wir in die glückliche Lage versetzt wurden, allen liebens- würdigen Zweiflern in der deutschen Heimat aufs

Evidenteste zu beweisen, daß dieser Bär kein „aufgebun-
dener" sei!

Als der so „freundlich Aufgenommene" noch immer
keinerlei Neigung zeigte, sich wieder zu entfernen, ja
im Gegenteil Miene machte, näher zu kommen, hielt
es der Parksoldat, der mit der Flinte auf der Schulter
sich uns zugesellt hatte, doch für geraten, jede weitere
Annäherung zu verhindern und Mensch und Vieh —
ganz in der Nähe weideten nämlich Kühe und Kälber —
vor einer etwa allzugroßen Vertraulichkeit des braunen
Gesellen zu bewahren. Mit Steinwürfen und Geschrei
wurde dem Tier nun von der bewaffneten Macht
und einigen Männern bedeutet, daß es höchste Zeit
wäre, sich zu empfehlen. Meister Petz zierte sich denn
auch nicht lange, machte Kehrt und trabte, von den
Leuten noch eine Weile verfolgt, mit mächtigen Schritten
in die dunkle Waldwildnis hinein.

Da die Besucher des Yellowstone-Parks im allgemeinen nur höchst selten einmal einen Bären der
Wildnis zu Gesicht bekommen, so wurden wir von
unsern Reisegefährten, welche die Dampferfahrt der
beschwerlichen, mit der Staub- und Mosquitoplage ver-
bundenen Wagenfahrt vorgezogen hatten, lebhaft be-
neidet, als wir ihnen am Abend im See-Hotel unsere
interessante Begegnung erzählten.

Die Wagenfahrt von Larrys Station am „Daumen"
bis zum See-Hotel dauerte vier Stunden. Der entsetzlich verwahrloste Weg führte teils durch dichte Wald-
wirrnis, die von zahllosen grauen Eichkätzchen wimmelte,

teils am Seegestade entlang, wo wir mehrmals den Anblick kolossaler Weißkopfseeadler genossen, die in erhabener Stellung aufgebäumt auf den Wipfeln hoher Föhren saßen und mordgierig Umschau hielten.

Bevor man das See-Hotel erreicht, kreuzt man eine halbkreisförmige Einbuchtung des Sees, die sogenannte Brückenbai, auf einem von der Natur gebildeten Damm, der die einander gegenüberliegenden Ufer gerablinig verbindet.

Wir waren der Natur für diese Abkürzung des Weges sehr dankbar, denn wir hatten an dem Tage nun schon zehn Stunden im Wagen zugebracht, waren gehörig durchgeschüttelt und gerüttelt, und vom Staub und den Mosquitos nachgerade genug belästigt und gepeinigt worden.

Das See-Hotel, ein umfangreiches, stattliches Gebäude, in dem wir vortreffliche Unterkunft fanden, liegt sehr schön auf einem den See beherrschenden, an der Rückseite mit tiefem Wald bestandenen Hügel und bietet einen wundervollen Blick auf den inselreichen See und die im Hintergrund aufragenden Schneegebirge; im Osten die Absarokakette mit den Mts. Kathedral (3260 Meter), Stevenson (3175 Meter), Atkins (3260 Meter), Schurz (3322 Meter), Eagle Peak (3290 Meter), — im Süden die Red Mts. mit Mt. Sheridan (3165 Meter) und Hancock (3120 Meter).

Das erhabene Landschaftsbild wirkte in seiner stillen Größe und Weite wahrhaft beruhigend auf unsere Sinne und Nerven nach all den verwirrenden und mächtig erregenden Eindrücken der vergangenen Tage. —

In dieser Nacht geschah übrigens etwas Außer=ordentliches im Hotel am Yellowstone=See: sechs Deutsche saßen in einem entlegenen Hinterzimmer bei=sammen und tranken immer noch eins!

Es wäre freilich noch schöner gewesen, hätten wir die feuchtfröhliche Sitzung draußen im Freien an=gesichts der herrlichen Seelandschaft abhalten können. Aber die Sache mußte sehr geheim gehalten werden, denn die Hotelgesetze verbieten nach Schluß der Dinner=zeit die Verabreichung geistiger Getränke. Nur durch raffinierte Überredungskünste war es uns gelungen, das Herz des Bierhüters zu erweichen.

Der verbotene Stoff schmeckte famos, und wir leerten das erste Glas auf das Wohl aller Eiswasser schluckenden Amerikaner.

5. Der Große Cañon des Yellowstone.

Die „Öffnung des Höllenpfuhls". — Der „zerbrochene Regen=bogen". — Der Große Yellowstone=Fall. — Rückreise. — Der Zwillingsbaum. — Über Norris nach Mammoth Hot Springs. — Abschied vom Wunderland.

Am andern Morgen um zehn Uhr rollten wir weiter. In geringer Entfernung vom Hotel trafen wir zum Yellowstone=Fluß, da, wo er aus dem großen

See heraustritt, nachdem er ihn von Süden nach Norden durchströmt hat, und fuhren nun in nördlicher und nordwestlicher Richtung immer am linken Ufer des Flusses entlang. Einmal stiegen wir ab, um dem in der Nähe der Straße liegenden „Mud Caldron", einem der außerordentlichsten und seltsamsten Schlammgeiser des Parks, einen kurzen Besuch abzustatten.

Man könnte den unheimlichen Krater wegen seines 10 Meter breiten, 6 Meter tiefen Schlundes — die anderen Schlammgeiser haben sämtlich ein mehr oder weniger flaches Becken — den Excelsior unter seines-gleichen nennen.

Seine Tiefe erfüllt bleigrauer, kochender Schlamm, der sich fortwährend in teigartigen Blasen hebt. Aus dem furchtbaren Rachen, der von dem über ihm auf-getürmten schwärzlichen Felsen wie von einem riesigen Gaumen überwölbt wird, brechen von Zeit zu Zeit mächtige Schlammmassen unter so gräßlichem Stöhnen, Heulen und Ächzen hervor, daß man bei diesem schaurigen Vorgang unwillkürlich „an eine Öffnung des Höllenpfuhles denkt, aus dem die Seelen der Verdammten umsonst sich loszuringen streben."

Wir setzten unsere Fahrt fort, immer dem Lauf des Yellowstone folgend, und nachdem wir etwa zwei Stunden später den treuen Begleiter auf kurze Zeit verlassen hatten, und in vielen Windungen bergan gefahren waren, öffnete sich mit einem Male zwischen hohen Tannen hindurch der Ausblick auf den großen Cañon, die Felsenschlucht des Yellowstone, die in ihrer

unbeschreiblichen Großartigkeit, in ihrer geradezu unwahr=
scheinlichen Farbenherrlichkeit nicht ihresgleichen haben
kann auf der ganzen Erde.

Fast fieberhaft erregt von dem überwältigenden
Anblick konnten wir kaum den Zeitpunkt erwarten, der
uns bei Ankunft am Grand Cañon=Hotel (2350 Meter),
dem Endziel der Tour, auf eigene Füße stellte.

Auf einem Wiesenpfade gelangten wir nach wenigen
Minuten zum Rand der Felsenschlucht beim Look=out=
Point.

Wie soll man die unvergleichliche Scenerie
beschreiben, die sich vor unseren Augen entrollte, ein
Naturgemälde, das ein überirdischer Künstler im höchsten
Schöpfungstaumel geschaffen zu haben scheint!

Felsenwände von berauschender Buntheit der Fär=
bung ragen in den kühnsten, abenteuerlichsten Formen
zu beiden Seiten des tief unten, gleich einem Faden von
schönstem Dunkelgrün, hinfließenden Flusses, bis zu einer
Höhe von 1500 Fuß empor, gekrönt, umsäumt von
Föhren= und Fichtenwäldern, die ihre Ausläufer auf
einzelnen schmalen Graten bis zum Flußbett hinabsenden,
das ganze zu Stein erstarrte Farbenmeer mit ihrem
tiefen, saftigen Grün durchziehend.

Die ganze ungeheure Schlucht, in die wir hinein
und hinabblicken, mit ihren mächtigen Vorsprüngen, die
sich koulissenartig verschieben, mit ihren aufragenden
Pyramiden, Säulen, Riffen, Zacken, Kegeln, mit ihren
senkrechten zerklüfteten Wänden prangt in einer Farben=
pracht und Farbenfülle, die jeder Beschreibung spottet!

Im oberen Teil des Cañon, wo er am tiefsten und engsten ist, zeigen die Felsen die lebhafteste Färbung in Rot, Orange, Gelb, Purpur, Hellgrün und blendendem Weiß, als wenn „ein Regenbogen vom Himmel gefallen und an diesen Wänden in Stücke zerbrochen wäre."*)

Auf einzelnen Felszacken, etwa 1000 Fuß unter uns, bemerkten wir Adlerhorste, deren mächtig beschwingte Erbauer über und unter uns kreischend und schreiend ihre majestätischen Kreise zogen.

Am westlichen, oberen Ende der Riesenschlucht er= blickten wir den gewaltigen Niedersturz des Yellowstone, den sogenannten „Großen" oder „Untern Fall". Wir gingen ihm auf schmalem Felsenpfad entgegen, links unter uns die furchtbare gähnende Tiefe, rechts neben uns der hohe Föhrenwald, und erreichten in etwa fünfzehn Minuten die durch ein festgezimmertes Geländer geschützte Plattform unmittelbar am Rande des Falles.

Die vordringende Wassermasse fließt rasch und ge= waltig bis zum Rande und saust dann mit betäubendem Getöse 350 Fuß tief hinab in ein großes, kreisrundes, schäumendes Becken.

Tief unten an der zerklüfteten Felswand klebte noch ein Überbleibsel des Winters, ein beträchtlicher Schnee= fleck, der den Strahlen der Sonne bisher widerstanden, und — welch wunderbare Gegensätze! — aus einem

---

*) Die gelbe, dunkelrote und anderweitige Färbung ist der Einwirkung der heißen Quellen, der Witterung, dem Vorhanden= sein von Schwefel und dem Oxydieren des Eisens zuzuschreiben.

(Nach Whitwell.)

verborgenen Winkel des felsigen Abgrundes sendete ein kleiner Geiser seine Dampfsäule empor!

Am späteren Nachmittag machten wir noch einen Ausflug nach dem etwa eine Wegstunde vom Hotel entfernten, im Osten der Schlucht gelegenen Inspiration Point (460 Meter über dem Fluß). Die Scenerie, die das Auge von diesem unvergleichlichen Punkt aus umfaßt, mit dem Blick auf die farbenleuchtenden Felsen im oberen Teil der Schlucht und die dunkleren Schattierungen des waldumsäumten unteren Cañon, macht einen wahrhaft begeisternden Eindruck.

Nach etwa dreistündiger Abwesenheit kehrten wir ins Hotel zurück.

Der Yellowstone, dessen Tosen und Rauschen fernher bis in mein Zimmer drang, sang mir in dieser Nacht ein wundersames Schlummerlied, und mit farbentrunkenen Phantasien erfüllte der nachwirkende Zauber der Felsenschlucht meine Träume. —

Am Morgen des nächsten Tages traten wir die Rückreise an. Der Weg bot wenig Bemerkenswertes. Er führte — in westlicher Richtung — oft meilenweit durch Leichenfelder von Wäldern, die ruchlosen Bränden zum Opfer gefallen sind.

Am Saume eines noch nicht von diesem traurigen Schicksal ereilten Waldes machte uns der Kutscher auf einen merkwürdigen Zwillingsbaum aufmerksam.

Zwei hohe Föhren wuchsen, etwa vier Fuß voneinander entfernt, ganz selbstständig aus dem Boden empor, und plötzlich hoch oben, vielleicht 12 Fuß über

der Erde, waren sie durch einen Querast, einer Leiter=
sprosse ähnlich, innig miteinander verwachsen. Von hier
ab bis zu den Wipfeln fehlte wieder jede Verbindung.
Der Ast wuchs aus jedem Stamm normal und gleich=
artig heraus. Daß er etwa, wie wir anfangs glaubten,
aus dem einen Stamm heraus und direkt in den andern
gegenüberstehenden hinein gewachsen wäre, davon war
an beiden Ansatzstellen auch nicht die geringste Spur
zu entdecken. Die Forstwissenschafter mögen für das
seltsame Naturspiel eine Erklärung finden. —

Gegen Mittag langten wir an der uns bereits be=
kannten Station am Norrisgeiserbecken an. Hier schloß
sich die große Wegschlinge von ca. hundert engl. Meilen,
die wir in fünftägiger Rundfahrt zurückgelegt hatten.
Es blieb uns nur noch übrig, auf dem schon beschriebenen
Wege von der Norrisstation bis zu den Mammoth Hot
Springs zurückzukehren, und unser Streifzug durch das
Wunderland im Quellengebiet des Yellowstone war beendet.

Unbeschreibliche Herrlichkeiten waren vor unseren
Augen entzückend und erschütternd vorübergezogen, ein
gewaltiges Naturschauspiel, das sich von Akt zu Akt
in immer ergreifenderen Vorgängen vor uns ent=
rollte, — von der poesieerfüllten Exposition bei den
Hot Springs=Terrassen bis zum weiten Geiserfeld von
Norris, von da in immer mächtigerer Steigerung bis
zur höchsten Entfaltung vulkanischer Kräfte an den
Ufern des Firehole, — um endlich mit der „Regen=
bogenschlucht" des Yellowstone seinen apotheotischen
Abschluß zu finden.

Noch eine Nacht und einen Vormittag blieben wir an der Schwelle des vulkanischen Zauberreiches, dem wir Eindrücke verdanken, die mit lebendiger, unvergänglicher Kraft in uns nachwirken werden bis ans Ende unserer Tage. —

Im Hotel von Mammoth Hot Springs befindet sich eine Badeanstalt. Das Wasser der heißen Sprudel wird direkt in die Wannen geleitet. Ich konnte mich nicht inniger, nicht wärmer von den Wunderquellen verabschieden, als indem ich ein Bad nahm, das mich nach der sechstägigen, staubreichen und streckenweise recht beschwerlichen Tour außerordentlich erfrischte.

Am Sonnabend den 22. Juli um Mittag bestiegen wir zum letztenmal unseren Wagen, der uns von Mammoth Hot Springs in anderthalb Stunden nach Cinnabar brachte. Nach kurzem Aufenthalt, während dessen wir von Herrn Schmidt aus Quedlinburg versteinertes Holz kauften — Freund Meyer photographierte diesen bedeutenden Vorgang — fuhren wir mit der Eisenbahn weiter bis Livingston, wo wir gegen fünf Uhr ankamen.

Wir verabschiedeten uns hier von unseren drei Landsleuten, die nach dem Osten fuhren, nach Chicago und New=York, um nach Europa zurückzukehren.

Zehn Minuten später rollten wir in entgegengesetzter Richtung von dannen, nach dem fernen Westen, dem pacifischen Ocean entgegen. —

VII

Von Livingston bis Portland.

Durch den Hauptrücken des Felsengebirges. — Der Yakima-
Cañon. — Mount Tacoma. — Mitten durch einen brennenden
Wald. — Ankunft in Portland. — Die Portlandhöhen. —
Vier erloschene Vulkane. — Ein chinesischer Einwanderer. —
Tingeltangel. — Der Vizepräsident der Vereinigten Staaten in
Portland.

In scharfer Steigung ging es zunächst hinan zum
Bozeman Tunnel (1070 Meter lang), der die Belt-
Berge, Ausläufer des Felsengebirges, in einer Höhe von
1697 Metern durchbohrt; dann hinab durch den
romantischen Rocky Cañon in das weite Thal des
Gallatin, der sich später bei Gallatin mit dem Madison
und Jefferson vereinigt, um den Missouri zu bilden.

Mit Einbruch der Nacht kamen wir über Helena,
die Hauptstadt von Montana, inmitten eines der
reichsten Minendistrikte der Welt gelegen. Gold im

Werte von mindestens 30 000 000 Dollars wurde angeblich aus dem die Stadt durchziehenden Last Chance Gulch*) entnommen.

Während wir in unsern Betten schliefen, durchmaß die Bahn den Hauptrücken des Felsengebirges mittels eines langen Tunnels, 1790 Meter unter dem Scheitel des Gebirgskammes.

Am frühen Morgen — Sonntag den 23. Juli —, als wir uns eben vom Lager erhoben, kamen wir durch die Reservation der Flathead-Indianer, eines friedlichen Stammes, dessen Wigwams man auf beiden Seiten der Bahn erblickt.

Wir überschritten auf einer Blechbalkenbrücke den Pend d'Oreille, der sich acht Meilen weiter mit dem Missoula zum Clarks Fork of Columbia vereinigt. Das Thal ist felsig und eng, bildet aber bei Paradise und Horse Plains zwei Ausweitungen, auf denen die Indianer ihre Ponies überwintern.

Wir durcheilten hierauf den nördlichen Zipfel des Staates Idaho („Gem of the Mountains"), wo der Clarks Fork einen 50 Meilen langen, 3 bis 15 Meilen breiten See bildet, den lieblichen Pend d'Oreille, dessen Nordseite die Bahn umzieht.

Hier gingen wir von der Gebirgs- in die Pacific-Zeit über und passierten zugleich den nördlichsten Punkt unserer Reise durch den amerikanischen Kontinent.

---

*) Gulch, Grube, Höhle, natürlicher Kanal.

Nach überschreitung einer Bucht des Pend
d'Oreille auf niedrigem Pfahldamm verläßt die Bahn
den See.

Etwa zwei Stunden später erreichten wir den
„Immergrünen Staat" Washington mit seinen üppigen
Feldern und schönen Wäldern. Auch hier blieb uns
der traurige Anblick meilenweit durch Brand zerstörter
Waldgebiete nicht erspart.

Unser Zug eilte in südwestlicher Richtung weiter,
vorüber an Spokane, einer jungen, blühenden Stadt
mit 19000 Einwohnern, über Marschall Junktion,
Cheney, Sprague, dann durch trostlos einförmige Land=
schaft, dürre Ebenen, die mit Sage Brush, einem
niederen Wermutstrauch, überwuchert sind.

Bei Pasco überschritten wir den Columbia=Strom,
nach seiner Vereinigung mit dem Schlangenfluß,
auf einer mächtigen Eisenbahnbrücke und durch=
zogen bei Prosser im Yakima=Thal die Reservation der
Yakima= oder Simcoe=Indianer, von denen wir mehrere
Weiber zu Gesicht bekamen. Im Westen erscheint das
weiße Haupt des Mount Adams, eines erloschenen
Vulkans, eines der höchsten Gipfel des Kaskaden=
Gebirges.

Wir gelangten alsbald in den malerisch schönen
Cañon des Yakima. Zu beiden Seiten des rauschen=
den Flusses steigen merkwürdig regelmäßig geformte
Felsmauern auf, senkrechte, eng aneinander gereihte Säulen,
die man für die letzten Zeugen verschwundener Pracht=

Sommerstorff.   8

bauten eines Gigantengeschlechtes halten könnte. In Wahrheit sind sie das Werk vulkanischer Mächte, alte Lavaströme, die einst erstarrend sich zu sechseckigen Kristallen zusammengeschlossen haben.

Kaum hatten wir die Säulenschlucht des Yakima hinter uns, so wurde der Riesenkegel des Tacoma sichtbar, wieder ein erloschener Krater, der sein eisgekröntes Haupt 4400 Meter hoch in die blauen Lüfte streckt.

Bei Easton beginnt die Bahn den Ostabhang der Kaskaden-Berge hinanzusteigen und durchbohrt ihren höchsten Kamm mittels des zwei Meilen langen Stampede Tunnels, des zweitlängsten Tunnels der Vereinigten Staaten. Unser Zug brauchte 12 Minuten, um ihn zu durchfahren.

In großen Kurven, durch viele Tunnels und über Holzbalkenbrücken senkt sich die Bahn nun in das Thal des Green River hinab.

Während wir zwischen 9 und 10 Uhr abends im Speisewagen bei einigen Flaschen Bier beisammensaßen — zu so später Stunde eine große Vergünstigung von Seiten des Speisewagen-Obersten —, bot sich uns plötzlich durch die breiten Fenster des Waggons ein überaus phantastischer Anblick: zu beiden Seiten des Zuges hell auflodernde Flammen! Wir fuhren mehrere Minuten lang mitten durch einen brennenden Wald, der die ganze Landschaft ringsum mit seinen flammenden Fackeln erleuchtete!

Gegen 12 Uhr nachts erreichten wir Tacoma, den westlichen Endpunkt der Northern-Pacific-Bahn,

eine lebhafte Fabrik= und Handelsstadt am oberen Ende
der Commencement Bai, des südöstlichen Armes vom
Puget Sund. Von hier aus führte uns die pacifische
Abzweigung der Bahn in südlicher Richtung weiter bis
Portland (Oregon), wo wir um 7 Uhr früh anlangten
Wir stiegen im Hotel „The Portland“ ab.

Montag 24. Juli. Die schön gelegene, von be=
waldeten Höhen umgebene Stadt, in der wir zwei an=
genehme Tage verbrachten, wurde im Jahre 1843 ge=
gründet und hat sich in überraschend schneller Ent=
wickelung, begünstigt durch ihre der See=Schiffahrt zu=
gängliche Lage und ihre ausgezeichneten Bahnver=
bindungen, zum bedeutendsten Handelsplatz des pacifischen
Nordwestens aufgeschwungen. Fische, Bauholz, Wolle,
Weizen und Mehl bilden die hauptsächlichsten Handels=
artikel. Auf einem unserer Streifzüge durch die Stadt
kamen wir bis zum Ufer des Willamette und sahen
dort den kolossalen Pacific Coast Elevator, einen
Getreidespeicher, der Lagerräume für eine Million
Scheffel besitzt. Eine schöne, verschiebbare Stahlbrücke
vermittelt den Warenverkehr über den Fluß.

In den freundlichen Straßen der Stadt, von
deren Reichtum und fortschreitendem Aufschwung statt=
liche und geschmackvolle Neubauten zeugen, herrscht ein
reger Verkehr, besonders um Mittag während der Ge=
schäftszeit, und in den Abendstunden.

Die Einwohnerzahl Portlands betrug zur Zeit
unserer Anwesenheit ca. 64 000 Seelen; darunter über
3000 Chinesen, die abgesondert in ihrem „Viertel“

8*

wohnen. Man begegnet den bezopften Mongolen aber in allen Straßen der Stadt.

Portland ist, wie fast alle in der Nähe der pacifischen Küste gelegenen Städte, auf unebenem, hügeligem Terrain aufgebaut.

Doch durch Schwierigkeiten der Bodenbeschaffenheit lassen sich die amerikanischen Städtegründer nicht abschrecken. Wofür wäre denn die Tausendkünstlerin, die moderne Technik, da, die außer vielen anderen guten Dingen auch die Drahtseilbahn erfunden hat!

In der Hügelstadt am Willamette, und später in San Francisco in noch viel größerem Maßstabe, haben wir es denn auch staunend gesehen, was jenes wunderbare Verkehrsmittel zu leisten imstande ist. Mit der größten Leichtigkeit und Schnelligkeit gleiten die schwersten Wagen über Berg und Thal, man traut seinen Augen kaum.

Wir benützten die Kabelbahn zur Erklimmung der „Portland=Höhen", die, auf ihren Abhängen von reizenden Landhäusern geschmückt, im Westen der Stadt bis zu einer Höhe von etwa tausend Fuß aufsteigen.

An der Endstation der Kabelbahn angelangt, wanderten wir auf schönen Waldwegen noch etwa dreiviertel Stunden bergan bis zu dem höchstgelegenen Aussichtspunkt, einem saftig grünen, im Hintergrund von schönen großen Bäumen bestandenen Wiesenplateau.

Von hier aus öffnet sich den Blicken ein Panorama von grandioser Eigenart: vier erloschene Vulkane, vom Gipfel bis zur Sohle in schimmernde Schneemäntel gehüllt, ragen uns gegenüber in der duftigen Ferne himmelhoch auf. In großartigen, gigantischen und dennoch graziösen Formen, die sich scharf vom blauen Himmel abheben, steigen sie, jeder vereinzelt, aus dem weiten, grünen Hügelland empor: Mt. Hood (3413 m), vom Strahl der Sonne mit blendendem Licht umflossen, tritt am glänzendsten hervor, dann Mt. St. Helens (3000 m), Mt. Adams (2916 m), und weiterhin das himmelanstrebende, gletscherumgürtete Haupt des Mt. Tacoma (ob. Rainier) (4400 m).

Mit Grauen schweift die Phantasie in jene Zeit zurück, da aus dem Schoße dieser vier Feuerberge die verderbenbringenden Gewalten donnernd hervorbrachen, das weite Land ringsum in eine Wüste wandelnd. —

Als wir die wald= und blumenreichen Portland=Höhen wieder hinabstiegen, holten wir einen Chinesen ein, der über den Schultern einen Stecken trug, an dem rechts und links zierlich aus Rinde gefertigte, mit prächtigen Walderdbeeren gefüllte Körbchen hingen. Wir fragten ihn nach dem Preis seiner Ware, er verstand aber unser Englisch nicht und war still und zufrieden, als wir ihm für zwei seiner Körbchen 10 Cents gaben. Ein Einheimischer, der gerade vorüberging, trat hinzu und richtete in einem für uns ganz unverständlichen Gemisch von Englisch und Chinesisch ein paar Fragen an den Chinesen, die dieser kurz und ernst beantwortete. Schließlich deutete der Chinese fragend nach der unten liegenden Stadt: „Portland?"

„Portland,“ nickte der Amerikaner und der Be=
zopfte eilte mit seinen Erdbeeren bergabwärts.

Der Amerikaner wandte sich lächelnd zu uns.
„Wieder einer von dem asiatischen Ungeziefer,“ sagte
er, dem Chinesen nachblickend, „kommt eben über die
Berge von der Küste her, wo er vor ein paar Tagen
gelandet. Will sich in der Stadt unten niederlassen.
Wir haben genug von der Sorte. Hol' sie der
Teufel!“

Die gelben Söhne des Reichs der Mitte scheinen
ja recht beliebt zu sein bei ihren weißen Mitmenschen
im Dollarlande! —

Den Abend des ersten Tages beschlossen wir in
einem Kunsttempel Portlands, in der „Music Hall“.
Es war eigentlich eine Restauration mit Kunstbetrieb.
Die Wände des buntausgestatteten Lokales waren mit
furchtbaren Schlachtenbildern aus den Secessionskriegen
bemalt. In dem großen, runden Parterreraum standen
Tische und Stühle, wie in unseren deutschen Rauch=
theatern. Es wurde auch sehr viel geraucht und sehr
viel gespuckt. Man konnte kalte Küche, Bier und
andere Getränke bekommen. Die Bedienung besorgten
Schwarze. Das sichtbare Publikum im Erdgeschoß
bestand ausschließlich aus Männern. Jedoch aus den
Logen, welche die zwei oberen Stockwerke einnahmen,
drang fortwährend recht helles Kichern und Lachen.
Dort schien auch die holde Weiblichkeit vertreten zu
sein. Aber man konnte sie nicht sehen, denn große
weiße Gaze=Vorhänge verwehrten neidisch den Einblick

in das Innere der Logen. Wie man uns sagte —
wir halten es aber für böswillige Verleumbung —,
waren es Sängerinnen oder Tänzerinnen der „Music
Hall", die, wenn sie nicht gerade auf der Bühne be=
schäftigt waren, die kontraktliche Verpflichtung hatten,
für die Unterhaltung der Kunstfreunde in den Logen
zu sorgen und insbesondere sie zum Trinken zu
animieren.

Von den gebotenen Kunstleistungen, gewöhnlichen
Tingeltangelstücken, will ich lieber schweigen.

Wir hielten bis $\frac{1}{2}$12 Uhr aus. Das Programm
war aber noch lange nicht zu Ende! —

Dienstag, 25. Juli. Dr. Meyer machte früh=
morgens eine Spritzfahrt den Columbia=Strom hinauf,
während wir es vorzogen, ein wenig auszuschnaufen,
um für die Eindrücke der kommenden Tage aufnahms=
fähiger zu sein.

Im Laufe des Vormittags gab es ein interessantes
Schauspiel, dem wir in aller Bequemlichkeit von der
Terrasse des Hotels aus zusehen konnten. Der Em=
pfang des Vize=Präsidenten der Vereinigten Staaten
Stevenson, der im Portland=Hotel abstieg.

Eine mit Fahnen geschmückte Tribüne war vor
dem Hotel errichtet worden. Von hier aus nahm der
hohe Herr die Ovationen der Stadt entgegen. Alle
möglichen bürgerlichen und militärischen Körperschaften
in allen möglichen und unmöglichen Uniformen zogen
zu Fuß und zu Pferd, den Präsidenten begrüßend, an
der Tribüne vorüber, und als dieser schließlich mit

lauter, dröhnender Stimme und mächtigen Gesti=
kulationen eine Rede an die versammelte Menge hielt,
da war des Hurrarufens, Beifallklatschens und
Pfeifens kein Ende.

Einen verwunderlichen Eindruck machte es auf unsere
europäischen Gemüter, daß einige Hotelgäste, die in
unserer Nachbarschaft saßen und ihre Beine nicht gerade
malerisch auf die Brüstung der Terrasse placiert hatten,
während des ganzen festlichen Vorgangs unverrückt in
in ihrer nichts weniger als ehrerbietigen Stellung ver=
harrten.

Wir zogen uns in den Speisesaal zurück, während
draußen mit dem Abgang des Gefeierten der Festes=
jubel allmählich verhallte. —

VIII

Über die Sierra Nevada nach San Francisco.

Mount Shasta. — Ein Sodawasserfall. — Der größte Trajektdampfer der Welt. — Die Bai von San Francisco. — Die Hügelstadt am Goldenen Thor. — Das Chinesen=Viertel. — Am Gestade des Stillen Weltmeers. — Straßenscene in San Francisco.

Am Abend begaben wir uns zum Bahnhof, wo uns Freund Meyer, von seinem Ausflug zurückgekehrt, bereits erwartete.

Es war 7 Uhr, als sich der Zug in Bewegung setzte, der uns in 39 Stunden, in zwei Nächten und einem Tage, über die Sierra Nevada nach San Fran= cisco bringen sollte.

Zwei Drittteile der herrlichen Bahnstrecke blieben leider während der beiden Nächte unseren Blicken ent= zogen. Aber der eine Zwischentag, den wir mit Aus= nahme der Mahlzeiten, im Aussichtswagen des Zuges verbrachten, enthüllte uns eine Fülle der mannig=

faltigsten und großartigsten Landschaftsbilder. Vom frühen Morgen bis zum späten Abend berauschten wir uns förmlich im Anschauen der erhabenen Gebirgsnatur, die sich in immer schöneren, immer kühneren Scenerien vor unsern Augen entfaltete.

Das gewaltige System der Sierra Nevada zweigt sich unter dem 35. Grad nördlicher Breite von einer niedrigen Küstenkette ab, mit der es in einer Entfernung von 300 Kilometern parallel läuft, um im Kaskaden= Gebirge seine nördliche Fortsetzung zu finden.

Zwischen der Sierra Nevada und der Küstenkette läuft das Thal des goldhaltigen Sacramento und seines Zuflusses San Joaquin, deren vereinte Wogen sich in die Bucht von San Francisco ergießen.

26. Juli. Als die erste Nacht vorüber war, be- fanden wir uns im Thal des Roque River, aus dem die Bahn durch Tunnels und in scharfen Kurven steil bergan steigt, um bei Siskyou ihren höchsten Punkt — 1258 Meter — zu erreichen. Über dunklen Wäldern war das mächtige Haupt des Mt. Shasta — 14444 Fuß hoch — sichtbar geworden.

Da zogen wir in Kalifornien ein, dem vielgepriesenen „Eldorado=Staat"! In dem reichen Pflanzenwuchs, in der üppigen Pracht der Blumen und Kräuter, welche die Luft mit Wohlgerüchen erfüllten, trat das milde Klima der pacifischen Küste immer mehr zu Tage.

Nachdem wir etwa 2000 Fuß wieder hinabgestiegen, kletterten wir wieder 1400 Fuß hinan bis zur Paßhöhe des Bahndurchgangs durch die nördliche Sierra Nevada.

Die Scenerie wechselte jeden Augenblick. Immer neue Ausblicke boten sich, bald auf dichtbewaldete Höhen, bald auf grüne Thäler oder grauenvolle Schluchten, über die wir oft auf mächtigen Holzbrücken von vier, fünf und mehr Stockwerken dahinfuhren, immer näher rückten wir dem gewaltigen Bergriesen, dem Mt. Shasta, dem „Stolze von Kalifornien", bis er endlich bei Sisson in dem sogenannten Erdbeerthal, vom Scheitel bis zur Sohle sichtbar, in seiner ganzen blendenden Majestät vor uns stand.

Von hier ab senkte sich der Schienenweg wieder bergabwärts und erreichte den Sacramento, dessen Felsen- bett wir hier zum erstenmal überschritten. An den malerischen, über tiefgrün sammtenen Moosgrund herab- rauschenden Mossbray-Fällen vorüber, gelangten wir zu den merkwürdigen Shasta Sodasprings, einer sehr stark sodahaltigen Quelle, die wie eine Kaskade aus dem Bergabhang hervorstürzt. Wir stiegen aus und er- quickten uns durch einen Trunk des moussierenden, wohl- schmeckenden Wassers.

Weiterhin kamen wir an dem schöngelegenen Städtchen Dunsmuir vorüber, wo sich die bedeutendste Sägemühle des Landes befindet, die täglich gegen 25000 Meter Holz schneidet.

Der Abend sank hernieder. Mit zauberhaftem Glanz übergoß der Mond die schäumenden Fluten des Sacra- mento, dem die Bahn jetzt unausgesetzt folgt, indem sie sich in Schlangenwindungen an den moosbewachsenen Felsen vorüberwindet zwischen Fichten, immergrünen

Eichen, Zuckerpinien, hochaufragenden Cedern und Cy=
pressen, und den niederen Gebüschen des wilden Flieders
und des Judasbaumes.

Achtzehnmal überschritten wir den vielgewundenen
Fluß und durchdrangen wohl mehr als ein Dutzend
Tunnels.

Ausnahmsweise spät, erst in der letzten Stunde
des wundervollen Tages, der uns eine der schönsten,
großartigsten und kühnsten Eisenbahnstrecken der Welt
erschlossen, konnten wir uns entschließen, unsere Lager=
stätten im Schlafwagen aufzusuchen.

Ganz früh am Morgen, da wir noch im Bett
lagen, kamen wir nach Sacramento, der Hauptstadt
Kaliforniens, der wir erst auf unserer Rückkehr im August
einen flüchtigen Besuch abstatten konnten.

Gegen 7 Uhr erreichten wir Suisun, am Rande
eines mit „Tule", einer Rohrart, bewachsenen Sumpf=
distrikts. Südlich davon liegt die Suisunbai, ein nord=
östlicher Arm der San Franciscobai, der durch die enge
Wasserstraße von Carquinez mit der San Pablo=Bai,
dem nördlichen Teil der Bai von San Francisco,
verbunden ist. Über diese Meerenge wurde unser Zug
von Benicia, der diesseitigen Station, nach dem gegen=
über auf der Südseite liegenden Port Costa durch die
Dampffähre Solano, den größten Trajekt=Dampfer der
Welt, befördert. Der Zug fuhr, ohne daß irgend eine
Veränderung vorgenommen wurde, vom Bahnkörper direkt
auf die Fähre und von der Fähre direkt auf den Bahn=
körper am jenseitigen Ufer.

Während der Überfahrt stiegen wir aus und ergingen uns auf der ungeheuren schwimmenden Eisenbahnbrücke, die 426 Fuß lang ist und in ihrer größten Breite 116 Fuß mißt. Sie hat vier Geleise, es können also vier Züge gleichzeitig befördert werden. Die amtlich eingetragene Tragfähigkeit der Riesenfähre beträgt 70 820 Centner, ihre beiden Maschinen haben je 2000 Pferdekraft.

Die Wasserstraße, die wir mit diesem Ungetüm nun durchkreuzten, ist etwa eine Meile breit. Die Überfahrt bis Port Costa währte ca. 20 Minuten, und unverzüglich rollten wir am Südufer der San Pablo-Bai in westlicher Richtung weiter. Dann wandten wir uns nach Süden, vor unsern Augen die herrliche Bai von San Francisco mit dem dahinter aufsteigenden Mount Tamalpais (800 Meter).

Bei Oakland, dem Brooklyn von San Francisco, einer blühenden Stadt mit ca. 50 000 Einwohnern, tritt die Bahn auf einen 1½ Meilen weit in die Bai hinausragenden Molo, an dessen Ende wir den Zug verließen, um das schöne und geräumige Fährboot zu besteigen, das uns in etwa 25 Minuten über die vier Meilen breite Bai nach San Francisco übersetzte.

Eine ganz wundervolle Überfahrt! Hinter uns — am östlichen Gestade der Bai — im Grün fast versteckt, bleiben die Städte Alameda, Oakland und Berkley; inmitten der blauen, glanzvollen Wasserfläche erheben sich die schönen Felseninseln Alcatraz und die Engelinsel, ihnen gegenüber, westlich, öffnet sich zwischen stolzen Felsenhöhen das Goldene Thor, die schmale Wasser-

ſtraße, welche die Verbindung mit dem Großen Ocean
herſtellt, und endlich drüben am Weſtgeſtade baut ſich
auf den auf= und niederwogenden Hügeln die herrliche
Stadt auf, der wir entgegenſteuern.

Die Miſſion San Francisco wurde von den Mexi=
kanern im Jahre 1776 angelegt. 59 Jahre ſpäter
wurde drei Meilen nördlich von der Miſſion das Dorf
Yerba Buena gegründet, das im Jahre 1846, als es
in amerikaniſchen Beſitz kam, in San Francisco —
abgekürzt „Frisco" — umgetauft wurde. Im Jahre
der Entdeckung des Goldes in Kalifornien, 1848, hatte
Frisco erſt 500 Einwohner, zwei Jahre darauf ſchon
25000 und jedes folgende Jahrzehnt war die Zunahme
eine ganz außerordentliche, indem ſich die Zahl der
Einwohnerſchaft jedesmal verdoppelte, von 1860 bis
70 ſogar verdreifachte, und im Jahre 90 — im ganzen
alſo innerhalb 40 Jahren — bis zu einer Höhe von
300000 geſtiegen iſt.

Daß es überhaupt möglich war und durchgeführt
werden konnte, auf ſo überaus ſchwierigem, hügeligem
Terrain, bei ſo vielen Hebungen und Senkungen des
Bodens, eine ſo große Stadt anzulegen und auszubauen,
erfüllt mit ſtaunender Bewunderung. Ungeheure Arbeit
und Thatkraft haben alle Schwierigkeiten überwunden,
eine Stadt von eigenartigſtem Reiz und maleriſcher
Wirkung iſt auf den Dünenhügeln des Großen Oceans
ſieghaft erſtanden.

Was uns zunächſt am überraſchendſten auffiel,
war das ungeheuer entwickelte Syſtem der Kabelbahn,

welche die Stadt nach allen Richtungen hin durchzieht und von aller Welt benützt wird. Der Fahrpreis ist niedrig: 5 Cents für jede Entfernung. Wir erfuhren, daß die Drahtseile, an denen die langen Wagen die steilen Abhänge „wie Fliegen an einer Fensterscheibe" hinan= und hinabklettern, eine Länge von mehr als zweihundert Kilometern haben.

Zu wiederholten Malen auf unseren Ausflügen nach dem Gestade des Großen Oceans glitten wir auf dieser unglaublichen Rutschbahn mit dem Gefühle der vollsten Sicherheit die steilen Straßenhöhen hinan, die jäh abfallenden Senkungen hinab und gewannen so, auf der Vorderbank der offenen Wagen behaglich sitzend, den vortrefflichsten Überblick über die Stadt, deren Baustil die zügelloseste Freiheit im Material und in den Formen zeigt. Monumentale Bauten von Sandstein, Backstein oder Marmor, und daneben die extravagantesten Holzbauten: Schweizerhäuser mit maurischen, Tempel= bauten mit gotischen Türmen! Die Privathäuser, auch die allerprächtigsten, sind fast ausschließlich in Holz auf= geführt, hier mit Nachahmung des Backsteins, des Schiefers, des Marmors, dort wieder in den seltsamsten, auf= fallendsten Färbungen: blutrot, hellgrün, braun und schneeweiß.

Wir waren im Palace=Hotel abgestiegen, einem gewaltigen Steinpalast an der Ecke der Marketstraße, der Hauptverkehrsader der Stadt.

Ich hatte einen Salon mit Bad und elektrischer Be= leuchtung und zahlte dafür 4 Dollars pro Tag.

Unsere Mahlzeiten nahmen wir regelmäßig in einem deutschen Gasthaus (Normann, Bushstraße), dessen gute Küche unserem Gaumen nach all den amerikanischen Geschmacklosigkeiten außerordentlich wohlthat.

Zu den Hauptsehenswürdigkeiten von San Francisco gehört das im Herzen der Stadt gelegene Chinesenviertel, das wir am ersten Abend in Begleitung eines Detektivs besuchten. Chinatown, wie das Stück Asien inmitten der kalifornischen Großstadt genannt wird, besteht aus alten Mietshäusern, die durch enge, meist pflasterlose, mit Holzplanken belegte Gassen getrennt sind, welche von Bewohnern wimmeln. Man sollte glauben, daß die wenigen Straßenblocks kaum 2000 Menschen Unterkunft bieten können; wir erfahren aber, daß sie etwa 25,000 Chinesen beherbergen! Größtenteils Männer, verhältnismäßig wenig Frauen und Kinder. So wohnen, nach dem Bericht unseres Führers, in drei Häusern, ehemaligen „Hotels" zur Zeit des ersten kalifornischen Goldtaumels, ca. 10,000 Chinesen beisammen!

Als wir in diese unheimlichen Gebäude mit ihren düstern Höfen, Höhlen und Gängen eintraten, begriffen wir erst, wie es möglich geworden, daß darin eine so große Masse von Menschen Unterkunft finden konnte; denn alle Innenräume sind in unglaublicher Weise verbaut und verschachtelt.

Durch Herstellung von Zwischenböden sind aus einem Stockwerk zwei bis drei Geschosse entstanden, in denen zahllose Verschläge angebracht sind.

Niedere, licht= und luftlose Bretterkammern, die durch hölzerne Pritschen an den Längswänden in zwei bis drei übereinanderliegende Fächer schrankartig geteilt sind —, das sind die Schlafstätten des ärmsten Teiles der Bevölkerung von Chinatown.

Durch dumpfige, niedere, unglaublich schmale Gänge stiegen wir in unterirdische Gelasse hinab, wo auf dem nackten Holz der übereinander getürmten Bretter= geschosse Opiumraucher lagen, blödsinnig vor sich hin= glotzend, mit halbgebrochenen Augen, ein kleines Öllämpchen neben sich, emsig beschäftigt, mit dünnen Metallstäbchen Opiumkügelchen in das kleine Loch der dicken Holzpfeife zu stopfen, über der Flamme zu ent= zünden, ein paar Züge zu rauchen, um gleich darauf die ganze umständliche Manipulation von neuem zu beginnen.

In einem anderen verborgenen Wohnwinkel hauste ein alter Chinese mit einem kleinen Mädchen, das auf Fremdenbesuch bereits dressiert war. Es sang uns näm= lich für einige Cents mit piepsendem Stimmchen ein paar chinesische Lieder vor. Das arme Kind schien sehr nervös zu sein, die kleinen Ärmchen und Finger waren in fortwährend zuckender Bewegung.

Aus einzelnen Nebengelassen ertönte fröhliches Lachen; die unglaublich genügsamen Asiaten scheinen die Erbärmlichkeit ihrer Existenz ganz und gar nicht zu fühlen.

Aufatmend traten wir wieder in die frische Luft, um unsere nächtliche Wanderung durch „Klein Asien" fortzuſetzen. Unſer Cicerone führte uns durch enge, ſehr belebte Gäßchen, die von buntfarbigen Lampions verſchiedenſter Größe ſpärlich beleuchtet waren, nach einem zu ebener Erde gelegenen Spiellokal.

Um einen großen Tiſch ſaßen zehn bis zwölf Chineſen zuſammengekrümmt und ſpielten Karten, ohne ſich durch unſeren Eintritt im geringſten ſtören zu laſſen. Sie ſind es ja gewohnt, von fremden Eindringlingen angeſtarrt zu werden, ſie laſſen es ſich ſogar gerne gefallen, denn der rege Fremdenbeſuch bedeutet für ſie eine ganz beträchtliche Einnahmequelle. In ihren Tempeln, wo ſie wohlriechende Weihrauchhölzer verkaufen, in ihren Kurioſitätenläden und Theehäuſern erheben ſie indirekt eine ganz anſehnliche Steuer von den neugierigen Beſuchern ihres Reiches in der Mitte von San Francisco.

In der bretternen Hinterwand der Spielhöhle befand ſich hoch oben eine viereckige Öffnung, die irgend einem dahinterliegenden finſteren Gelaß ein wenig Licht und Luft zuführte. Aus dem dunklen Loch reckte ſich der Kopf eines grinſenden Chineſen, der den Fortgang des Spieles mit geſpannteſter Aufmerkſamkeit verfolgte.

Im Verlauf unſeres Streifzuges traten wir auch in einen der Läden, in denen Lebensmittel feilgeboten wurden, „Delikateſſen" vom Geſchmacksſtandpunkt der Mongolen. Für uns waren es größtenteils geheimnisvolle, unbekannte Dinge. Neben faulen Fiſchen und Eiern, plattgequetſchtem Geflügel und wie bronziert ausſehenden Ferkeln, rätſelhafte, gedörrte Früchte und

Wurzeln, deren Natur und Beschaffenheit wir nimmer ergründen konnten und wollten.

Hierauf besuchten wir einen der chinesischen Götzen=tempel (Joß Houses).

Die dem „Gottesdienst" geweihte Räumlichkeit befand sich im oberen Stockwerk eines gewöhnlichen Hauses.

Wir kletterten eine schmale, steile Holztreppe hinan und betraten, dem Beispiel unseres Führers folgend, mit dem Hut auf dem Kopf und die Cigarre im Mund den Tempel. Ein dicker Tempelhüter, der hinter einem länglichen, ladentischartigen Holzpult vor einem ver=schnörkelten Buche saß, begrüßte uns höflich schmunzelnd. Starksüßlicher Duft von Sandelholz, das vor den Götzen angebrannt wird, erfüllte den Raum, dessen Heiligtümer der Detektiv uns vorführte, indem er ohne den geringsten Respekt mit seinem Stock das Tamtam rührte, die heilige Glocke erklingen ließ u. s. w.

Da waren sehr schöne, wertvolle alte Kunstgegen=stände, vergoldete Holzschnitzereien, Metallarbeiten, kost=bare Vasen aufgestellt und aufgehängt. Im Hintergrund thronten in Nischen die erhabenen Gottheiten. Die schlimmen, bösen erkennt man an ihren schauderhaften Fratzen; ihnen wird natürlich am meisten gehuldigt, um sie in guter Stimmung zu erhalten. Und das geschieht teils durch die Wohlgerüche des glimmenden Sandelholzes, teils durch Darbietung materiellerer Ge=nüsse in Gestalt einer Tasse Thee, einer Schale Reis, mitunter auch einer Ente.

9*

Wir erstanden bei dem freundlichen Tempelhüter mit dem dicken Bäuchlein, zu dessen Rundung nicht am wenigsten die angeführten Gottesgaben beigetragen haben mögen, einige Päckchen der heiligen Räucherstäbe, und verließen erleichterten — Beutels den geweihten Ort.

Auffallend zahlreich sind in den Gassen von Chinatown die Barbierläden.

Auf ihre Haartracht verwenden die Söhne des himmlischen Reiches bekanntlich große Sorgfalt. Die unbefugt in die Stirne und Schläfe hereinwachsenden Haare werden glatt ausrasiert, damit der lange Zopf, der häufig durch eingeflochtene schwarze, auch dunkelblaue Garnsträhnen verlängert wird, glatt und stramm aus dem Haarboden heraustrete. Die Barbiere und Haarkünstler haben darum viel Beschäftigung.

Das chinesische Theater hatte leider zu jener Zeit Ferien, es sollte erst in etwa acht Tagen wieder eröffnet werden.

Unser Detektiv führte uns in die inneren Räume des merkwürdigen Kunsttempels und wahrlich, es bedurfte hier einer kundigen Führung —, denn wir hatten in diesem unglaublichen Labyrinth, in dem wir uns durch niedere, oft nur fußbreite, von kleinen Öllämpchen kaum erleuchtete Gänge bald nach rechts, bald nach links, bald ein paar Stufen hinab, bald wieder eine fürchterlich enge, defekte Holztreppe hinauf, mit größter Vorsicht durchzwängen mußten, fortwährend das unheimliche Gefühl, wenn uns hier

unser Führer plötzlich im Stiche ließe, wir kämen nie
wieder aus diesem Wirrsal von Gängen, Treppen und
finsteren Verschlägen heraus!

Ich nehme an, daß dieses der dramatischen Kunst
geweihte Gebäude während seiner Spielzeit einen oder
mehrere breitere und angenehmere Zugänge für das
Publikum besitzt.

Diese Zugänge waren wohl jetzt geschlossen und
die labyrinthischen Winkelwege, die wir einschlagen
mußten, waren für die beneidenswerten Schauspieler
da, denn wir gelangten am Ende unserer schwierigen
Wanderung direkt hinter die Bühne, das heißt zunächst
in einen dunklen, feuchten Vorraum, dessen schwarzer
Lehmboden nur äußerst notdürftig mit Brettern belegt
war. Von hier aus führten ein paar Stufen auf das
Podium. Die Bühne ist sehr schmal und kaum mehr
als drei Meter tief. Der Zuschauerraum ziemlich groß,
aber völlig schmucklos.

Die Fremden sitzen im chinesischen Theater auf
der Bühne, unmittelbar neben den agierenden Schau-
spielern, und Paul Lindau erzählt aus eigener Erfahrung, „sein Detektiv habe sich gar nicht geniert,
einen auf der Bühne beschäftigten Schauspieler mitten
aus der Situation herauszugreifen, beim Schlafittchen
zu fassen, um den fremden Gästen den Glanz und die
Pracht der Kostüme in der Nähe zu zeigen."

Auf dem Rückweg öffnete unser Führer in einem
der dunklen Gänge einige schmale Bretterthüren; sie
führten direkt in die Schlaf= und Wohngelasse der

Schauspieler, die im Theater selbst beherbergt und be=
köstigt werden. Es waren unterirdische Löcher ohne
Licht und Luft, ebenso beklemmend eng und stickig, wie
die entsetzlichen Herbergen der niedrigsten chinesischen
Arbeiter. —

Wir begaben uns nun in eines der feineren Thee=
häuser, das sehr schön, in der Eigenart des chinesischen
Geschmackes, ausgestattet war und nur von der vor=
nehmsten chinesischen Bevölkerung und den Fremden be=
sucht wird.

Ein freundlicher Chinese servierte uns eine Tasse
vorzüglichen Thees, dazu Ingwer und chinesische Nüsse,
die ähnlich wie Lakritzen schmeckten. Die Geschichte
kostete einen Dollar, also kein besonders billiges
Vergnügen.

In einem Kuriositätenladen machten wir zu guter=
letzt noch einige Einkäufe — Fächer, kleine Waffen,
seidene Tücher, Nippsachen —, worauf wir, da es
mittlerweile fast Mitternacht geworden war, nach —
Amerika zurückkehrten.

28. Juli. Am andern Tag erhielt ich um $1/2$ 2 Uhr
mittags ein telegraphisches Lebenszeichen aus der Heimat,
das um **3** Uhr nachmittags von Deutschland abge=
gangen war, also $1^1/_2$ Stunden später, als ich es er=
hielt! —

Nach dem Mittagessen machten wir unsern ersten
Ausflug nach dem berühmten Aussichtspunkt bei San
Francisco, dem weltmeerumrauschten Cliff=Haus.

Die Kabelbahn führte uns zunächst von der glän=
zenden Marketstraße durch die Californiastraße am
Chinesen=Viertel vorbei, die steilen Höhen hinauf bis zur
Station der Cliff=Eisenbahn. Mit dieser rollten wir als=
bald weiter, herrliche Ausblicke boten sich auf die Bai
mit ihren schöngestalteten Felseninseln, dann an den
Klippen oberhalb des Goldenen Thores entlang mit
wundervoller Aussicht auf die Meerenge und den jen=
seits liegenden malerischen Höhenzug.

Unsere Fahrt endete nahe beim Eingang zum
Sutrohöhen=Park, der Besitzung des deutschen Millionärs
Adolf Sutro, der hier, über dem Cliff=Haus, auf dem obersten
Kamm der felsigen Klippe aus dem öden sandigen Boden
eine ganz wundervolle Parkanlage mit herrlichen Bäumen
und Blumen geschaffen hat.

Der Zugang in den Park steht jedermann frei.
Wir machten denn auch, bevor wir zum Cliff=Haus
hinabstiegen, von dieser Freiheit ausgedehnten Gebrauch.
Zunächst eilten wir auf dem breiten, von prächtigen
Blumenbeeten und exotischen Pflanzen umsäumten Mittel=
weg nach vorne und gelangten zu den Terrassen, welche
die vom Ocean hoch und steil aufsteigende Felsenklippe
krönen.

Da zum ersten Mal erschloß sich uns der Blick
in die Unermeßlichkeit des Großen Oceans!

Welch gewaltig ergreifendes Bild!

Zu unserer Rechten die lange Kette des Küsten=
gebirges, zur Linken ein weißer Streifen, der Strand,
vor uns das majestätische Weltmeer!

Über die Küste, über die stahlblaue Wasserwüste hin, wallen riesige Nebelschleier. Zeitweilig zerreißend, enthüllen sie dem Auge die unendliche Weite des Weltmeers, das uns vom äußersten Orient scheidet und nach Norden und Süden bis zu den Polen hin seine ewigen Wogen wälzt . . .

Eine Stunde etwa widmen wir der Durchstreifung des merkwürdigen Sutro-Parkes. An allen Ecken und Enden der ausgedehnten Anlagen, auf allen Haupt- und Seitenwegen, auf blumendurchwirkten Rasenplätzen, in lauschigen Boskets, ja selbst im Dickicht, oft ganz versteckt, sind blendendweiß getünchte Reproduktionen von Bildwerken aller Art und aller Größen angebracht. Die bekanntesten Denkmäler des hellenischen Altertums wechseln ab mit Statuen aus der Renaissance und ganz modernen französischen, italienischen und deutschen Kunstwerken; darunter leider auch viele von sehr zweifelhaftem Kunstwert.

Wir verlassen den Park, um zum Cliff-Haus, einer hart am Felsgestade des Oceans belegenen Gastwirtschaft, hinabzusteigen. Je näher wir kommen, desto stärker dringt mit dem Rauschen der Brandung ein absonderliches, in kurzem Staccato hervorgestoßenes Gebell an unser Ohr. Und da wir die nach dem Meere hinausgebaute Veranda des Klippenhauses betreten, bietet sich uns ein überraschendes Schauspiel.

Kaum mehr als einen Steinwurf vom Ufer entfernt, ragen, von der gewaltigen Brandung umtost, drei hohe, kegelförmige Klippen empor. Auf ihren oberen

Partieen, die von den aufstürmenden Wogen nicht mehr erreicht werden, sitzen schwarz und unbeweglich, wie der Fels, der sie trägt, zahllose Wasservögel: Pelikane, Scharben, Möven.

Auf den tieferen Felsgesimsen aber lagern, in Gruppen geballt, riesige Seetiere mit langgestreckten Leibern und dicken, auswärtsstehenden Flossen. Die einen schlafen, behaglich hingestreckt, oder nach Hundeart zusammengerollt, andere liegen da mit stolz erhobenem Haupt, sperren ihre Rachen auf und lassen in tiefen und hohen Tonlagen ein heiseres, überaus ergötzliches Gebell erschallen. Es sind die berühmten Seelöwen, die als besondere Sehenswürdigkeit, welche die kalifornische Großstadt ihren Bürgern und Besuchern unter so bequemen Bedingungen zu bieten vermag, des staatlichen Schutzes genießen.

Rings um ihre privilegierten Eilande drängen sich die Ungeheuer, erklettern mühselig, mit plumpen Bewegungen, den Fels, krabbeln darauf herum, bellen sich gegenseitig an, als wollten sie einen wütenden Kampf beginnen, schmiegen sich aber gleich darauf wieder friedlich aneinander oder wälzen sich schwerfällig in die Brandung zurück, um nach der benachbarten Klippe hinüber zu plätschern, wobei sie eine außerordentliche Beweglichkeit entfalten. Ihr Fell ist im nassen Zustande dunkelgrau, wird aber, sobald es trocknet, blond wie die Haut des Löwen. Ihre Länge beträgt drei bis vier Meter, und ihr Gewicht ist bis zu achthundert Kilogramm bestimmt worden. —

Wir wurden nicht müde, uns an dem Treiben der seltsamen Tiere zu ergötzen, und als wir einmal den Blick von ihnen weg über die ungeheure Wasserwüste schweifen ließen, sahen wir in der Ferne ein anderes Ungetüm auftauchen, einen großen Walfisch.

Er näherte sich anfangs der Küste. Viele von den Seevögeln, welche diese Gestade in Myriaden bevölkern, verfolgten, umschwirrten ihn und rückten ihm dicht zu Leibe. Nur wenn er eine seiner mächtigen Wassersäulen aufsteigen ließ, stoben sie kreischend auseinander, um gleich darauf ihr neckendes Spiel von neuem zu beginnen. Schließlich schien es dem schwarzen Koloß doch ein wenig unbehaglich zu werden. Er entfernte sich ins offene Meer hinaus und entschwand bald unseren Blicken.

Bevor wir zur Rückkehr aufbrachen, stiegen wir zum flachen Strand hinunter, den die breiten Schaumwellen des Oceans überspülten, so daß wir oft, während wir in dem weichen Sand nach Muscheln suchten, vor einer allzuvertraulichen Annäherung des Gewaltigen in großen Sätzen zurückweichen mußten.

Auch hier am äußersten Ende der Neuen Welt, angesichts des erhabenen Weltmeeres, macht sich die Reklame, die große amerikanische Reklame, mit ihren ungeheuerlichen Ankündigungen breit. Bis hierher streckt sie ihre häßlichen Fangarme aus.

An unnahbar scheinenden Felswänden, unter denen die Brandung des Meeres tobt, lasen wir in riesigen

Lettern die verschiedensten Artikel, Seife, Zahnwasser, Stiefelwichse, Verdauungspillen u. s. w., als die einzigen und besten der Welt gepriesen, und dicht am Strande stand, aus Brettern gezimmert und in lebhaften Farben bemalt, haushoch, ein Kolossalstandbild von Justus Liebig, der in hocherhobener Hand einen Riesentiegel seines unübertrefflichen Fleischextraktes hielt. Das muß sich in Amerika die Natur an allen Ecken und Enden gefallen lassen!

Es war mittlerweile empfindlich kalt geworden, undurchdringlicher Nebel lagerte über dem Ocean und seinen Gestaden.

Mit Einbruch der Dunkelheit kehrten wir nach San Francisco zurück.

29. Juli. Am nächsten Tag statteten wir dem Chinesen-Viertel einen Tagesbesuch ab. Wir bummelten ein paar Stunden durch die starkbelebten Gassen, wobei das Getriebe dieser fremdartigen Welt unser Interesse auf Schritt und Tritt in lebhaftester Spannung erhielt. Freund Meyer machte einige photographische Aufnahmen. Drei kleine, putzige Chinesenkinder, die in hübscher Gruppe auf den Stufen einer Hausthüre beisammen saßen, hielten leider nicht stand. Sowie sie das photographische Geschoß auf sich gerichtet sahen, entzogen sie sich schleunigst der Verewigung durch die lichtempfindliche Platte, indem sie bestürzt Reißaus nahmen. Ein tiefwurzelnder Aberglaube scheint dem niederen Volk der Chinesen gegenüber der photographischen Kunst inne zu wohnen, denn auch eine erwachsene

Chinesin, die wir aufnehmen wollten, entfloh mit eilig trippelnden Schritten, als sie das ihr zugedachte unheimliche Attentat gewahrte.

Doch diese Äußerungen kindlichen Aberglaubens bei den im allgemeinen geistig geweckten, klugen heidnischen Asiaten erscheinen weitaus begreiflicher und viel weniger betrübend und beschämend, als die ungeheuerlichen Auswüchse finstersten Aberglaubens, die man so oft, völlig verzweifelnd an menschlicher Vernunft und echtem Christentum, in den Anschauungen und dem Gebahren der christlichen Bevölkerung unserer heimat= lichen Gebirgsländer wahrnimmt. —

Die Chinesen überhaupt, soweit wir das stille, bescheidene, fleißige, unendlich genügsame, von den Amerikanern in ihrem herrischen Egoismus kaum geduldete Volk während unseres kurzen Aufenthaltes im kalifornischen Küstenlande kennen lernen konnten, haben uns mit ihrem ganzen Wesen, in ihrer naturgemäßen Tracht, an der wir den vielerwähnten Mangel an Reinlichkeit keineswegs zu bemerken vermochten, nur Achtung und Sympathie eingeflößt.

Daß sie vom nationalökonomischen Standpunkt aus dem amerikanischen Lande schädlich werden dadurch, daß sie Geld aus der Fremde herausziehen und nicht einen Cent wieder hereinbringen, indem sie alle Bedürfnisse ihres Lebens ausschließlich aus China bestreiten, und zurückkehren, sobald sie genug fremdes Geld verdient haben, ist wohl möglich. Sicher ist es, daß sie den Amerikanern höchst unbequem sind, weil sie bei ihrer völligen Anspruchslosigkeit Arbeit und Ware viel billiger und mindestens ebensogut wie die Weißen liefern, so daß eine Konkurrenz der einheimischen Arbeit mit der ihrigen so gut wie ausgeschlossen ist.

Am Nachmittag trieb es uns wieder zum Ocean.

Ohne, wie tagsvorher, am Sutro=Park vorbei, zum Cliff=Haus hinabzusteigen, wandten wir uns von Point Lobos, der Endstation der Dampfbahn, nach rechts, gingen eine kurze Strecke den obersten Kamm der Klippen entlang und kletterten sodann auf einem schmalen, steilen Pfad zum Felsenstrand hinab. Aus den brandenden Wogen vor uns ragten allerorten Felszacken und mächtige Riffe empor.

Tausende von großen, schwarzen Wasservögeln belebten die Luft und das Meer ringsum.

Auf einem der Strandfelsen entdeckten wir ganz merkwürdige Geschöpfe, denen gegenüber sich unsere Unwissenheit in zoologischen Dingen aufs glänzendste bewährte!

Der Felsen hatte auf seiner Oberfläche Vertiefungen, die mit Meerwasser gefüllt waren, und auf dem Grunde dieser seichten Becken saßen mehrere kaum erbsengroße, halbkugelförmige, hartschalige Gehäuse fest, deren obere leicht abgeplattete Rundung eine kaum sichtbare Spalte zeigte, die sich zuweilen zu einer mundartigen Öffnung erweiterte, aus welcher dann mehrere haardünne Fang= arme, nach allen Seiten hin suchend und haschend, hervorzüngelten. Bei der leisesten Berührung wurde

der Spalt blitzſchnell geſchloſſen und zwar ſo feſt, daß
wir nicht im ſtande waren, mit der Spitze unſeres
Meſſers einzubringen oder ihn zu öffnen, ohne das ganze
Gehäuſe gewaltſam zu zerſtören.

Geraume Zeit beobachteten wir mit lebhaftem
Intereſſe die ſeltſame Thätigkeit dieſer winzigen unter=
ſeeiſchen Klausner, deren Name, Stand und Rang uns
leider unbekannt blieb.

Etwa in halber Höhe der Klippen iſt längs der
ſchroff aufſteigenden und ſteil zum Strande abfallenden
Wände ein verhältnismäßig breiter, ebener bequemer
Steg eingehauen. Zur Linken die jähen Felswände
als äußerſte Grenzen des Erdteils, rechts das brauſende
Weltmeer.

Der Pfad endet in der Nähe des Cliff=Hauſes.
Da begrüßte uns wieder das luſtige Gebell der
Seelöwen.

Wir fuhren diesmal mit der Strand=Eiſenbahn
zurück, deren Bahnhof unweit ſüdlich vom Cliff=Haus
liegt.

Der Schienenweg führt zunächſt zwiſchen mächtigen
Dünenhügeln hin, dann an mehreren Kirchhöfen vorüber,
die wie reizende Gartenanlagen ausſehen, und weiter an
der Südſeite des großen, herrlichen Golden Gate=Parkes
entlang, bis zur Ausgangsſtation an der Heightſtraße.
Von hier aus bedienten wir uns zur Rückkehr in die
untere Stadt der Drahtſeilbahn.

Von einem längeren Spaziergang, den wir am
Abend noch durch die glänzend erleuchteten Haupt= und

Geschäftsstraßen der Stadt unternahmen, ist mir eine
merkwürdige Straßenscene besonders eingeprägt geblieben.

Durch starke Trompetentöne wurden wir zuerst
darauf aufmerksam gemacht. Wir traten näher und sahen
zu unserer Verwunderung, daß das Blechinstrument von
einer einfach bürgerlich gekleideten — Dame geblasen
wurde. Neben ihr stand erwartungsvoll ein Mann.
Nachdem der weithin tönende Lockruf gewirkt und eine
größere Gruppe von Leuten sich um das Paar ver=
sammelt hatte, begann der Mann mit ziemlich heiserer
Stimme eine Rede zu halten, in der er aufs ein=
dringlichste für eine neue religiöse Sekte Propaganda
machte. Interessant war es für uns zu beobachten,
wie die Umstehenden mit größtem Ernst den Darlegungen
des sonderbaren Heiligen zuhörten. Auch nicht die
leiseste Spur von Spottlust äußerte diese zusammen
gelaufene Straßenmenge, weder in Mienen noch in
Worten.

Wie anders würde sich unser liebenswürdiger
deutscher Großstadtpöbel bei einer derartigen Gelegenheit
benehmen!

Wir waren zu müde, um das Ende und den
etwaigen Erfolg der langen, für uns überdies vielfach
unverständlichen Bekehrungsrede abzuwarten. Auch
legte uns die völlig ausgetrocknete Stimme des Predigenden
den Gedanken an eine Anfeuchtung nahe, die wir denn
auch alsbald unseren nicht minder trocken gewordenen
Kehlen im deutschen Bierhaus von Normann zu teil
werden ließen.

Auf unserm Tisch lagen einige ältere Nummern der „Fliegenden Blätter". Darin entdeckte ich ein paar Gedichte von mir, die vor meiner Abreise von Berlin erschienen waren.

Dieses Wiedersehen auf fernem kalifornischem Boden, es war ein Ereignis von schwindelnder Wichtigkeit für das Gemüt eines deutschen Dichterlings! . . .

IX

Von San Francisco nach San José.

Santa Clara=Thal. — San José, die Gartenstadt. —
Das astronomische Dorf auf dem Gipfel des Mount Hamilton. —
Die höchste Sternwarte der Welt.

Sonntag, 30. Juli. Um fünf Uhr nachmittags fuhren
wir vom Bahnhof der Southern Pacific Railway ab.

Nicht lange noch hatten wir die Stadt hinter uns
gelassen, als wir urplötzlich aus klarer, heiterer Luft in
ein dichtes, kaltes Nebelmeer eindrangen, das die ganze
Landschaft in undurchsichtiges Grau hüllte und uns bei
Ocean View den Anblick des Stillen Oceans voll=
kommen entzog.

Nach etwa viertelstündiger Fahrt war der ge=
waltige Nebeltunnel durchmessen, und das grüne Land
ringsum erglänzte wieder im warmen, sonnigen Licht
des Tages.

Sommerstorff.   10

Diese kalten Nebel sollen an den kalifornischen Küstenstrichen im Sommer eine sehr häufige Erscheinung sein. Im allgemeinen ist das Klima Kaliforniens von wunderbarer Gleichmäßigkeit. Es herrscht ein ununterbrochener Frühling, denn der Winter kennt weder Schnee, noch Eis. Die durchschnittliche Jahrestemperatur ist ca. 11,5 Grad Reaumur. Der heißeste Monat gleicht unserem Mai, der kälteste unserem April.

Hinter Colma öffnete sich zur Linken der Blick auf die Bai von San Francisco, an der wir nun ungefähr dreißig Meilen weit entlang fuhren.

Jenseits Menlo Park, dem Lieblingsaufenthalt der reichen Kaufherren von San Francisco, das von reizenden Anlagen mit prächtigen, großen Bäumen umgeben ist, wurden die roten Dächer der Stanford Universität sichtbar, die der bekannte Krösus Leland Stanford zum Gedächtnis seines einzigen, hoffnungsvollen Sohnes, der im Alter von fünfzehn Jahren starb, vor zwei Jahren (1891) ins Leben gerufen und mit einem Kapital von 30 000 000 Dollars ausgestattet hat.

Diese Hochschule soll die vornehmsten Geister der Union vereinigen und der Brennpunkt des wissenschaftlichen Lebens der Neuen Welt werden. —

Bei Mountain View kamen wir in das schöne, außerordentlich fruchtbare, von waldigen Höhen umgrenzte Santa Clara-Thal, in dessen Gärten das köstlichste Obst gedeiht.

Wir erreichten Santa Clara, ein freundliches, hinter dichtem Laub halb verborgenes Städtchen, Sitz eines großen Jesuiten=Collegs, und endlich um sieben Uhr San José, den Ausgangspunkt für die Lick=Sternwarte auf dem Mount Hamilton.

Schon der erste Anblick dieser reizend gelegenen Gartenstadt im Santa Clara=Thal ist ganz entzückend. Die Straßen, durch die sich am Saum der Fußsteige Alleen von hohen Palmen, Weiden und Cypressen hinziehen, sind von dunkelschattigen Gärten begrenzt, aus deren Grün die hübschen Häuser und Villen hervorlugen.

Auch das Hotel Vendôme, in dem wir abstiegen, ist von wundervollen Anlagen umgeben, welche die ganze Pracht und Üppigkeit der südlichen Vegetation entfalten.

Wir erledigten so schnell als möglich das Dinner, verweilten nur etwas länger bei dem zum Schluß servierten, unvergleichlich schönen und köstlichen Obst — und eilten ins Freie. Wunderbar linde, duftige Abendluft umfing uns. In blendender Helligkeit funkelten die Sterne und der Mond überflutete die Palmen, unter denen wir wandelten, und all die fremdartigen Bäume und Gewächse um uns her mit zauberhaftem Glanz.

Wir gingen eine der angrenzenden Alleen entlang, blieben zuweilen am Geländer eines Villenparks stehen, um die Wohlgerüche einzuatmen, die unbekannte Blumen und Sträucher herüberhauchten, und als wir am Ende der Gartenstraße, da wo sie sich in gewöhnlichen Häuser=reihen mit Geschäftslokalen und Läden fortsetzte, wieder umkehrten, wurden wir plötzlich aus unserer exotisch=poetischen Stimmung durch die hinter einem geöffneten Fenster im schönsten Sächsisch gesprochenen Worte heraus=

10*

geriffen: „Nu, Alte, nu woll'n mer aber schlafen geh'n!"

Also auch hier die lieblichen Klänge von „Dräsden und Bärne"! Darauf waren wir nicht vorbereitet unter den Palmen von San José!

Von San José fährt man mit dem Stellwagen in sechs Stunden bis auf den Gipfel des Mount Hamilton.

Zu früher Stunde am andern Morgen brachen wir auf und rollten in flotter Fahrt durch die morgen= frische Landschaft den Calaveras=Bergen entgegen.

Sowohl im Thal, als auch noch an den Berg= abhängen weit hinauf, ziehen sich zu beiden Seiten der Straße ausgedehnte Obstgärten hin, meist Pfirsich= pflanzungen, strotzend von herrlichen Früchten, deren Wohlgerüche die Luft erfüllten.

Im Stellwagen saßen außer uns noch zwei ältere Damen, Bürgerfrauen von San José, wie wir bald erfuhren. Die eine redete uns nämlich in gutem Deutsch an mit dem Bemerken, sie freue sich sehr, Landsleute zu sehen. Sie habe ihre Muttersprache nicht verlernt, obwohl sie schon in frühester Jugend nach Kalifornien gekommen sei. Sie erzählte uns, daß sie mit ihrer Freundin, die ein schweres Krebsleiden habe, nun einen weitberühmten Wunderdoktor aufsuche, da die Ärzte in San José nicht zu helfen vermöchten.

Bei einem einfachen Haus auf der Höhe eines der Vorberge, die wir nach etwa $1\frac{1}{2}$ Stunden erklommen hatten, stiegen die beiden Frauen ab, sie waren am Ziel. Hier wohnte der Wunderarzt.

Wir verabschiedeten uns von der sympathischen alten Frau, ließen der Patientin, mit der wir uns nicht verständigen konnten, da sie der deutschen Sprache nicht mächtig und außerdem so taub war, daß sie sich im Gespräch mit ihrer Begleiterin beständig eines Hörrohrs bedienen mußte, guten Heilerfolg wünschen und fuhren weiter bergan. Etwa zehn Minuten oberhalb des Hauses kam uns ein Reiter entgegen, ein Mann von etwa 50 Jahren, eine lange, hagere aber kraftvolle Gestalt, nach Art der Farmer gekleidet, in hohen Stiefeln, Pumphosen und grauem Wollhemd, das interessant markierte, bartlose Gesicht von einem breiten Hut beschattet; das war der berühmte Wunderdoktor, wie uns der Kutscher mitteilte.

Ob er die arme Frau von ihrem Leiden erlöst hat? — Auf die eine oder die andere Art ganz sicher! —

Unser Wagen kam ziemlich rasch vorwärts, da die Straße, die vortrefflich angelegt und erhalten ist, sich nur in ganz sanfter, allmählicher Steigung emporwindet.

Die Höhen sind nur spärlich mit Eichen und Manzanillabäumen bestanden. Der reiche Blumenflor, der den Boden hier im Frühjahr mit einem buntfarbigen Teppich überkleidet, war längst verwelkt.

Schon in den ersten Stunden der Bergfahrt wird die weiße Kuppel der Sternwarte, leuchtend im Sonnenlicht, auf dem noch fernen Gipfel des Mount Hamilton sichtbar.

Die Straße überschreitet zwei Zwischenrücken und führt an der Mündung der Penitencia Schlucht vorüber,

in die sich einstmals die Mönche der Mission San José
zur Buße zurückzogen.

Jenseits des zweiten Rückens erreichten wir Smith
Creek, wo wir bei einem kleinen Gasthaus Mittagshalt
machten. In zahlreichen, angeblich 365 Windungen,
führt die Straße von hier in $1\frac{1}{2}$ Stunden bis zum
Gipfel der — astronomischen Wissenschaft empor.

Am Eingang der Sternwarte wurden wir von
dem Direktor Professor Edward Holden, dem Dr. Meyer
unseren Besuch gemeldet, aufs liebenswürdigste empfangen.

Ehrfurchtsvoll betraten wir hierauf den erhabenen
Tempel, welcher der astronomischen Wissenschaft aus
einem von dem verstorbenen Orgelbauer James Lick
(1798—1876) hinterlassenen Vermächtnis auf der
einsamen Höhe des Mount Hamilton (1286 Meter)
erbaut wurde.

Professor Holden führte uns durch alle Räume
des mächtigen Gebäudes, zeigte und erläuterte uns alle
Einrichtungen, Instrumente und Apparate. Bei der
überaus klaren und anschaulichen Ausdrucksweise des
geistreichen Gelehrten empfanden wir kaum die Mangel-
haftigkeit unserer englischen Sprachkenntnisse.

Unser Hauptinteresse erregte natürlich der mächtige
Kuppelraum, in dem der große Refraktor sein Riesen-
auge gen Himmel richtet.

Das gewaltige Instrument ist, in Verbindung mit
dem Spektroskop, 62 Fuß lang, hat ein optisches Objektiv

von 36 Zoll im Durchmesser und ist vorläufig das größte dioptrische Fernrohr der Welt.*)

Diesem außerordentlichen Instrument, sowie ihrer überaus günstigen Höhenlage unter einem, fast das ganze Jahr hindurch wolkenlosen, klaren Himmel verdankt die Lick=Sternwarte ihre epochemachenden Erfolge.

Im Fundament des Fernrohres ist James Lick beigesetzt. Ein herrlicheres Denkmal hätte sich ein Pharao nicht herstellen oder auch nur träumen lassen können. Die Grabstätte trägt die einfache Inschrift: Here lies the body of James Lick. —

Im Verlauf des Nachmittags machten wir einen Rundgang durch das ganze, auf so weltferner Höhe errichtete astronomische Dorf, dessen Gesamtbevölkerung aus etwa dreißig Personen bestand: aus den sechs Astronomen Holden, Burnham, Schaeberle, Keeler, Barnard und Hill nebst ihren Familien, aus drei Unterbeamten, einem Maschinisten, einem Arbeiter und dem Pförtner.

Der Gipfel des Berges war früher spitz, ist aber zu einer ebenen Fläche abgetragen worden, die gerade Platz genug gewährt für die Gebäude, welche die Instrumente und Diensträume bergen.

Das Wohnhaus des Direktors, in dem uns zwei schöne Zimmer angewiesen worden waren, steht unmittelbar östlich von dem Plateau und um so viel niedriger, daß das dritte Stockwerk in gleicher Höhe mit dem Berggipfel liegt. Gleich unterhalb dieses Hauses befinden

---

*) Angefertigt von Clark in Cambridge.

sich die Wohnhäuser der anderen Astronomen und der Unterbeamten.

Außer der großen, 75 Fuß hohen Kuppel, die das Riesenteleskop beherbergt, besitzt die Lick=Sternwarte noch vier kleinere Observatorien mit Instrumenten, die zu Beobachtungen verwandt werden, welche nicht die Kraft des großen Refraktors erheischen.

Die Fundamente sämtlicher Instrumente ruhen auf dem festen, unerschütterlichen Fels des Berggipfels.

Die Stunden bis zum Eintritt der Dunkelheit verbrachten wir mit Direktor Holden in höchst anregendem Gespräch über Astronomie, Politik und Litteratur, wobei sich der amerikanische Gelehrte auch in der deutschen Staaten= und Kunstgeschichte ganz erstaunlich bewandert zeigte.

Wir saßen auf der Terrasse vor dem Haupt= gebäude.

Die Aussicht von diesem herrlichen Punkt aus ist überwältigend. Sie umfaßt das grüne, hügelumschlossene Santa Clara=Thal, die Bai von San Francisco, das Berggewirr der Sierra und den Stillen Ocean, der sich in die Tiefe des Horizontes verliert.

Allmählich sank der Abend nieder. —

In zauberhafter Beleuchtung erglühte rings die Welt, als das Gestirn des Tages feierlichen Abschied nahm.

Langsam verblaßten die Gluten.

Tief unten im Thal blinkten, wie ein matter Sternhaufen, die Lichter von San José, und hoch über

uns am blau-dunklen Himmelsgewölbe begannen die
ewigen Lichter des Weltraumes in strahlender Klarheit
aufzuleuchten.

Nun war es Zeit, einen Blick in die Unendlichkeit
zu thun. Wir begaben uns zum großen Refraktor.
Der Fußboden der Kuppelhalle mißt 60 Fuß im Durch=
messer und läßt sich durch vier, vorzüglich arbeitende
hydraulische Pressen um 16½ Fuß — um mehr als
zwei Fuß in der Minute — heben oder senken. In=
folge dieser Einrichtung kann der Beobachter bei jeder
Lage des Teleskops von einer gewöhnlichen Trittleiter
aus das Okular erreichen.

Das Teleskop wurde für uns nach verschiedenen,
besonders interessanten Orten des Weltraums gerichtet.
Wir sahen der Reihe nach: den Sternhaufen im
Herkules, den Ringnebel in der Leier, die Vega, die
blendend wie die Sonne erschien, so daß wir dunkle
Gläser gebrauchen mußten, verschiedenfarbig leuchtende
Doppelsterne und endlich Spiral=Nebel, deren Details,
Gestaltung und Struktur den Astronomen erst durch
die Kraft dieses einzigen Refraktors enthüllt wurde.

Die Eindrücke der unvergeßlichen Stunden, die
wir im Observatorium verbrachten, waren für mich, den
Laien, geradezu überwältigend. War es mir doch zum
ersten Mal in meinem Leben vergönnt, den Blick in
die fernsten Tiefen des Universums zu versenken und
Welten zu schauen, die dem Menschenauge ewig verborgen
geblieben wären, hätte der himmelstürmende Menschengeist

nicht Mittel gefunden, sich die Thore der Unendlichkeit selbst zu erschließen.

1. August. Am andern Morgen besichtigten wir die interessanten Seismometer, die alle — in Kalifornien ziemlich häufigen — Erderschütterungen, auch die leisesten, aufzeichnen, ferner die reiche Bibliothek und die für photographische Zwecke eingerichteten Räume.

In einem kleinen, eleganten Empfangszimmer neben der Vorhalle der Sternwarte zeigte uns Professor Holden die Hobelbank, die James Lick im Jahre 1848 — damals ein einfacher armer Handwerker — , aus Chile nach Kalifornien mitgebracht hatte, und die hier in dankbarer Pietät für den hochsinnigen Stifter des Hauses als Reliquie aufbewahrt wird.

Wir ließen uns hierauf auf den steinernen Stufen vor dem Hauptportal nieder, die herrliche Aussicht genießend. Zahlreiche Bussarde kreisten in den blauen Lüften über uns und kleine possierliche Eichkätzchen — ground-squirrels — huschten auf dem Boden hin und wieder oder guckten neugierig schreckhaft über die Böschung der Terrasse. Von den Klapperschlangen, die hier im Steingeröll der Bergabhänge häufig vorkommen, führte uns Professor Holden ein Exemplar in Spiritus vor, also glücklicherweise in ganz ungefährlichem Zustand.

Der Tag war sehr heiß, das Thermometer zeigte gegen 30 Grad Celsius, doch auf den kühlen, schattigen Steinstufen vor der Sternwarte und später im über= deckten Wagen auf der flotten Thalfahrt nach San José hatten wir nicht allzuviel von der Hitze zu leiden.

Um zwei Uhr nahmen wir Abschied von der erhabenen Stätte der Wissenschaft uub ihrem gastlichen Beherrscher, der, ein echter Ritter des Geistes, uns in den wenigen Stunden, die wir mit ihm verleben durften, die herzlichste Sympathie, die wärmste Verehrung eingeflößt hatte.

Nach einem kurzen Aufenthalt in Smith Creek, wo wir uns bei einigen Flaschen Bier mit dem Schankhalter, dem Sohn deutscher Eltern aus Milwaukee, wieder in unserer Muttersprache unterhalten konnten, rollten wir in raschem Tempo weiter und langten um sechs Uhr abends in San José an.

———————

X.

Del Monte am Stillen Ozean.

Park und Hotel. — Die Siebenzehnmeilenfahrt. — Die
Riesencypressen von Monterey. — Chinesennester. — Welt=
bummler als Gigerl.

3. August. Am andern Morgen reisten wir mit
der Eisenbahn nach Süden weiter.

Del Monte, das berühmte Hotel bei Monterey
am Stillen Ozean war unser Ziel. Nach zweistündiger
Fahrt langten wir an. Ein bereitstehender Stellwagen
brachte uns in wenigen Minuten von der Station nach
dem Hotel.

Trotz seiner riesigen Dimensionen — das Haupt=
gebäude hat eine Länge von 340 Fuß, jeder der beiden
Seitenflügel ist 280 Fuß lang — macht das Hotel
einen überaus behaglichen Eindruck: ein zweistöckiger
Holzbau mit hohen Giebeldächern, mit hübschen Türmchen
und gemütlichen Erkern. Das Erdgeschoß ist ringsum
von breiten, blumenumrankten Veranden umgeben.

Das Hotel besitzt 500 Fremdenzimmer und einen Speisesaal, in dem 500 Personen gleichzeitig essen können.

Im Vergleich zu dem auserlesenen Komfort, der hier geboten wird, und der auch für den verwöhntesten Lebemenschen nichts zu wünschen übrig läßt, sind die Preise gar nicht teuer. Ich zahlte für ein schönes Zimmer und ganze Verpflegung drei Dollars pro Tag.

Ganz unbezahlbar ist die Lage dieses großartigen Gasthofs: kaum fünf Minuten vom Stillen Ocean entfernt, in weitem Umkreis von einem Park umgeben, der wegen seiner Schönheit in der ganzen Neuen Welt berühmt ist.

Den ganzen Nachmittag bis zum Abend streiften wir bei unvergleichlich schönem Wetter durch diese ausgedehnten Haine von prachtvollen alten Eichen, Yucca-Palmen, Eukalypten, Cedern, riesigen Pinien und Cypressen, durch entzückende Gartenanlagen, die zu allen Jahreszeiten im üppigsten Blumenflor prangen.

Buntfarbige Kolibris, die wir ihrer Winzigkeit wegen anfangs für Schmetterlinge hielten, flatterten überall zwischen den Gesträuchen umher.

Eine Abteilung des Parks, „Arizona" genannt, enthält die merkwürdigen Pflanzen der Tropen, hauptsächlich Riesen-Kakteen mit unglaublich dicken, fleischigen Schäften, stachlige Palmen und dazwischen eine Menge anderer, für uns ganz rätselhafter Gewächse, von deren Existenz wir bisher keine Ahnung hatten.

Mit der Pflege des Parks sind ausschließlich
Chinesen betraut, die als Gartenarbeiter wegen ihrer
außerordentlichen Geschicklichkeit, wegen ihres Fleißes
und ihrer Billigkeit sehr geschätzt sind.

Neben den Schönheiten der Natur finden die Hotel=
gäste in dem herrlichen Park Gelegenheit zu Vergnügungen
aller Art. Da sind breite, freie Plätze zum Lawn=tennis
und anderen Spielen hergerichtet. Da ist eine reizende
Kegelbahn, fast ganz verborgen unter blühenden Blumen=
gesträuchen; auf einem schönen großen, von Bäumen
und Gebüschen umschlossenen See, dem Laguna del Rey,
der in der Nähe des Hotels liegt, kann man unter den
angenehmsten Bedingungen dem Ruder= und Segelsport
huldigen; da giebt es endlich ein sehr amüsantes „Labyrinth"
von Cypressenhecken, dem wir uns natürlich auch an=
vertrauten. Die Irrgänge sind von lebendigen, gerad=
flächig abgehobelten, undurchdringlichen Cypressen=Mauern
gebildet, die teils eiförmig, teils zu Zuckerhüten oder
regelrechten Würfeln zugeschnittene Aufsätze haben. Der
Irrgarten bildet mit seinen Außenmauern ein Quadrat
von kaum 50 Schritt Seitenlänge, doch sind seine
geradlinig ineinander laufenden Innengänge so sinnreich
angelegt, daß es uns erst nach dreiviertelstundenlangem,
planlosem Hin= und Herirren gelang, wieder herauszu=
finden.

Als wir auf unserer Wanderung durch den Park,
der uns auf Schritt und Tritt durch immer neue
Schönheiten entzückte, an jene letzten Baumreihen ge=
kommen waren, die die Anlagen an der Rückseite des

Hotels abschließen, da verkündete uns ein dumpfes, feierliches Brausen die Nähe des Oceans.

Noch entzogen uns breite hohe Dünenwälle, von niederem Nadelholz bestanden, den Anblick des Erhabenen.

Wir hatten nicht mehr die Ruhe, auf dem gebahnten Wege oder vielmehr Umwege weiter zu gehen, wir erklommen schnurstracks die sandigen Hügel, und kaum hatten wir das dichte Nadelgestrüpp durchdrungen, da lag es auch schon vor uns, das endlose Weltmeer, in unbeschreiblich schöner Färbung, im klarsten Lichte des Tages, ohne Dunstschicht und Nebel, rein und un= verhüllt bis zu jener gewaltigen Bogenlinie hin, wo sich die lichtstrahlende Himmelsglocke über die tiefblauen Wasser herabwölbte. —

Auf hohen, weichen Kissen von Meersand lassen wir uns nieder. Zu unsern Füßen rollen die schäu= menden Strandwellen her und zurück, der Pulsschlag des Oceans, und

"Wie die Woge sich hebt und sich senkt mit wechseln= dem Schalle,

Thut sich die stille Gewalt ewiger Rhytmen mir kund."

Mit wunderbarer Fülle und Abwechselung der Töne singt der Ocean sein ewiges Lied. Mächtig ergreift es uns. Und während wir lauschen, schweift das Auge in die Unendlichkeit hinaus, wir vermeinen die Rundung der Erde zu erkennen, ihren gewaltigen Umschwung zu fühlen, aus unserer Brust entfliehen die beengenden Sorgen des Alltags, die Seele wird frei, weit und

hell wie die unermeßliche, vor uns blauende Welt=
weite — — —

* * *

Donnerstag, 3. August. Das Stille Weltmeer hat es
uns angethan. Es zieht uns unwiderstehlich an seine
herrlichen Gestade.

Wir machen von Del Monte aus einen mehrstündigen
Ausflug zu Wagen, die sogenannte „Siebenzehnmeilen=
fahrt", auf der man die schönsten Punkte der Ocean=
küste bei Monterey berührt.

Die altertümliche Stadt, die wie San Francisco
ihr Entstehen einer von den Spaniern gegründeten
Mission verdankt, war ehedem ein sehr lebhafter Handels=
platz, verlor jedoch um die Mitte des Jahrhunderts,
seit dem mächtigen Aufblühen ihrer großen Rivalin am
Goldenen Thore, ihre kommerzielle Bedeutung voll=
ständig und ist jetzt ein stilles Städtchen mit ungefähr
1700 Einwohnern. Hinter Monterey führt der Weg
wieder an der blauen Bucht entlang, an der reizenden
Sommerkolonie Pacific Grove, und später am Leuchtturm
auf Point Piños vorüber. Dann treten wir in tiefen
Waldesschatten. Unter schönen kräftigen Fichten, knorrigen,
immergrünen Eichen, hochragenden Cedern und Cypressen
rollen wir dahin. Und dann wieder nach enger Wald=
umschlossenheit die große Freiheit des Weltmeers, der Blick
ins Unbeschränkte! Der Kontrast wirkt überwältigend. —

Das Gestade zeigt auf der ganzen Strecke, die
wir befahren, eine große, überaus fesselnde Mannigfaltigkeit

in seiner Gestaltung; bald ist es ein lieblicher, hell=
gelber Strand, der sich sanft und weich vom Wald zum
Meere niedersenkt, — bald ist es von furchterregender
Wildheit, umstarrt von zerrissenen, in gräulicher Ver=
wirrung aneinander gehäuften Felsmassen, an denen die
Wogen hochaufspritzend hinanstürmen.

Urplötzlich kommen wir aus heiterer Luft in eine
Nebelregion. Das Meer neben uns überschattet, ver=
düstert von grauen, wallenden Schleiern. — „Ouk“,
„ouk“, „ouk“, tönt es jetzt im Chor zu uns herüber,
das ergötzliche Gebell der Seelöwen, und wir entdecken
auf steilen Felseneilanden, die unweit vom Ufer aus den
Fluten ragen, die wohlbekannten dicken Gesellen. Ganz
wie bei San Francisco lagern sie dichtgedrängt auf
den schmalen Felsgesimsen, gleich ungeheuren, dunklen
Nachtschnecken, oder treiben in den Wellen ihr munteres
Spiel. Kreischende Möven, krächzende Scharben huschen
gespenstisch durch die graue Dunsthülle über den Wassern.
Bald haben wir den Bereich des Nebels hinter uns,
und wieder unverhüllt bis zum fernsten Himmelsrand
dehnt sich der unermeßliche Wasserspiegel.

Wir erreichen den Midway=Point, den malerisch
schönsten Punkt an diesem Küstenstrich. Ein Wald von
Riesencypressen krönt das hohe Gestade. Er sendet
Ausläufer bis auf die äußersten Felsvorsprünge des
Ufers hinaus. Und hier, wo sie, einzelstehend, den
Wetterstürmen am stärksten ausgesetzt sind, zeigen sich
die riesigen Baumgestalten in ihrer wildesten Schönheit.
Mächtige Stämme mit kahlen, von Wind und Wetter

gekrümmten oder zersprengten Ästen, hoch oben eine Krone von üppigster, dunkelgrüner Blätterfülle, die sich wie ein ungeheures Schirmdach in phantastischen Ver- zweigungen ausbreitet. Das sind die berühmten Cypressen von Monterey, einzig in ihrer Art, denn sie treten hier in einer Kraft und Großartigkeit auf, die sich nirgends in der Welt wiederfindet. —

Weiterhin treffen wir auf eine merkwürdige Chinesen- ansiedelung: ein paar Dutzend aus Brettern und Latten ganz lose zusammengefügte Hütten, die wie Hühnerställe aussehen, dicht an die Felsen des Strandes hingeklebt, in unmittelbarer Nähe des Oceans. Man möchte fast glauben, ihre Bewohner hätten sich nur deshalb auf den äußersten Erdschollen der Neuen Welt niedergelassen, um durch die rollenden Wogen des Oceans, der auch Asiens Küste bespült, gleichsam noch in Verbindung zu bleiben mit der heimischen Erde.

Während wir vorüberfahren, trippeln zwei kleine bezopfte Mädchen aus den Bretterverschlägen hervor, an unsern Wagen heran, und bieten schillernde Muscheln und Seeigelgehäuse zum Kauf an.

Außer den kleinen Händlerinnen, denen die Siebzehnmeilenfahrer gute Kunden abgeben, ist in dem bretternen Dorfe keine Chinesenseele sichtbar. Wahr- scheinlich sind die „Alten" tagsüber auf ihren Arbeits- stellen in der Umgegend und kehren erst am Abend in ihre ziemlich losen vier Wände zurück.

Hinter dem armseligen Nest entfernt sich der Fahrweg vom Ocean, wendet sich landeinwärts und führt durch schöne, ausgedehnte Waldungen nach Monterey zurück.

In der Stadt machten wir Halt bei einem — Wäschegeschäft, um wichtige Einkäufe zu machen: Ober=hemden, Kragen, Kravatten allerneuester Mode!

Das waren wir dem glänzenden Speisesaal von Del Monte schuldig, in dem wir bisher — horribile dictu — in unseren einfachen Reisewollhemden er=schienen waren. Neben uns die Millionäre Kaliforniens in großer Toilette! Das hatte das Gleichgewicht unserer Seele aufs empfindlichste gestört. Wir fühlten uns gedrückt, beengt, nur geduldet.

Wir verwandelten uns nach unserer Rückkehr schleunigst aus Weltbummlern in Gigerl, und erst in dieser Verkleidung, in den steifleinenen Panzerhemden mit den hohen harten Stehkragen, die jede freie Be=wegung des Kopfes unmöglich machten, fühlten wir uns wieder frei — im Lande der Freiheit.

———————

Yofemite.

Es fiel uns jehr jchwer, als wir unjerm Reijeplan zufolge jchon am andern Tage wieder Abjchied nehmen mußten von dem unvergleichlichen Hotel Del Monte mit jeinem paradiejijchen Park und jeinem Weltmeer vor der Thür. Über San Joſé durch das Thal von Santa Clara kehrten wir wieder nach San Francisco zurück.

Bevor wir den heimwärts führenden Rückweg nach Ojten einjchlugen, ging unjere Wanderung noch einmal nach dem Süden, nach dem berühmten Yojemite=Thal im Herzen der Sierra Nevada.

Herr Kranz, der Maler, konnte uns auf diejer Tour nicht begleiten, da ihn wichtige Gejchäfte in San

Francisco zurückhielten. Er sollte in Sakramento wieder mit uns zusammentreffen.

Wir verließen „Frisco" am Nachmittag des 5. August, und fuhren zunächst über die Bai nach Oakland. Vom Deck des Fährbootes aus schweiften unsere Blicke zum letzten Male zurück nach der herrlichen Hügelstadt am Goldenen Thore mit einem Scheidegruß wohl auf Nimmerwiedersehen.

In Oakland bestiegen wir den Zug der Süd-Pacific-bahn, der uns über Port Costa, Martinez, dann am Süd-west-Ufer der Suisunbai entlang bis Cornwall, weiter nach Süden über Byron, Tracy, Lathrop, während der Nacht durch das weite San Joaquin-Thal, die Korn-kammer Kaliforniens, und endlich über Berenda nach Raymond brachte, dem Ausgangspunkt für das Jose-mite-Thal. —

In dem kleinen, nahe am Bahnhof gelegenen Hotel nehmen wir gemeinschaftlich mit unseren künftigen Reise-gefährten das Frühstück ein. Es giebt — um 7 Uhr früh! — Hafergrütze mit Milch, gekochten warmen Schinken, Eierspeisen, Beefsteaks und Lammbraten mit Kartoffeln, Kaffee, Thee, Cakes und Früchte. Unsere Tischgenossen, zu so früher Stunde schon mit beneidens-wertem Appetit gesegnet, lassen auch nicht eines der vielen Gerichte unberührt an sich vorübergehen, während wir zu ihrer Verwunderung mit ein paar weichen Eiern und einer Tasse Thee vollkommen genug haben.

Wir besteigen hierauf den bereitstehenden vierspännigen Stellwagen, der uns übrigens — wir sind,
den Kutscher mit eingerechnet, elf Personen — kein
sonderlich bequemes Unterkommen bietet.

Die Reisenden schließen sich auf derartigen Touren
schnell aneinander. Wie die Passagiere eines Schiffes
sind sie während geraumer Zeit ganz aufeinander angewiesen, gemeinsame Erlebnisse und Eindrücke ver-
mitteln rasch die vertrauteste Bekanntschaft.

An Bord unseres Fahrzeuges, das streckenweise
ebenso rollt, wie ein Schiff auf leichtbewegter See, befinden sich außer uns und dem Kutscher folgende
Personen:

Nr. 1. Mr. S., Bergwerksbesitzer aus San
Francisco, ernst, unterrichtet, angenehm.

Nr. 2. Mrs. S. seine Frau, anziehende Erscheinung, schlank, leidender Gesichtsausdruck, melodische
Stimme, feinsinnig, liebenswürdig.

Nr. 3. Mr. R., aus Canelford in Cornwall,
England, Fünfziger, mit langem, grauem Vollbart, mit weißen Lederhosen, Tropenhelm, auf der
Reise um die Welt, echter Globetrotter, hoch-
gebildet, heiter, humorvoll, zuvorkommend, überaus sympathisch.

Nr. 4. Mr. D., Professor aus Baltimore,
Dreißiger, sehr laut, erzählt Anekdoten, singt, kaut
Tabak und spuckt ziemlich viel.

Nr. 5. Mr. J., sein Neffe, Student, junger
Hund.

Nr. 6. Mr. K. B., Schulmeister aus Brooklyn, würdiger alter Herr mit langem, weißem Vollbart, gutmütiges Wesen, nimmt sich väterlich liebevoll der neben ihm sitzenden Nr. 2 an, wenn sie bei besonders starken Schwankungen des Wagens Anfälle von Seekrankheit bekommt.

Nr. 7. Mr. W. aus Cincinnati, junger unter= nehmender Herr, sehr laut, Commis voyageur-Manieren, laut parfümierte Gummibonbons.

Nr. 8. Mr. B. aus San Francisco, schweig= sam, bescheiden; hat einen Staubmantel, um den wir ihn lebhaft beneiden.

Der erste Teil der Fahrt ist ziemlich einförmig. Verdorrte Wiesen, von zahllosen grauen Eichkätzchen belebt, spärlicher Baumwuchs, Eichen und Kiefern. Allenthalben kreisende Bussarde, bald hoch in den Lüften, bald kaum meterhoch über den dürren Halden.

Hitze und Staub, besonders letzterer, steigern sich bis zum Unerträglichen.

Manchmal sind die Staubwolken so undurchdring= lich dick, daß wir die Augen schließen, und Mund und Nase mit dem Taschentuch verhüllen müssen. Da wird jede Unterhaltung unmöglich. Aber wir lassen uns nicht verstimmen, und am wenigsten Mr. O., der laute Professor aus Baltimore, er ist nicht umzubringen. —

Eine lange Holzleitung, flume, zur Hinabschaffung der Baumstämme von den Bergen angelegt, führt eine zeitlang neben der Straße her. Wir kommen an einer verlassenen Goldmine vorüber. Das Erdreich ist überall bloßgelegt, ein paar verfallene Hütten neigen sich traurig über den aufgewühlten Abhang.

In Grants Sulphur Spring, wo sich unbedeutende Schwefelquellen befinden, wird Mittagshalt gemacht.

Bevor wir zu Tisch gehen, haben wir geraume Zeit vollauf zu thun, um die Staubschichten von unsern Kleidern zu entfernen, Gesicht und Hände in einem großen Brunntrog hinter dem Wirtshaus gründlich zu reinigen.

Nach dreiviertelstündiger Rast besteigen wir wieder unsern Reisewagen, und nun geht's in grader Linie auf die Berge los.

Die Landschaft gewinnt allmählich an Reiz. Schöne Bäume umsäumen die Straße: Lambertskiefern, Cedern, Fichten und Eichen; an Sträuchern die virginische Hundsbeere, die kalifornische Pavie, der kalifornische Flieder und die eigentümlich gewundene, rotstämmige Manzanita.

Auf einem Bergkamm gestattet uns die Thal=öffnung den letzten Blick auf die ferne, blaßgelbe Ebene bis zu den Küstenhügeln.

Bald darauf umfängt uns das Dunkel des Waldes.

Eine Schönheit von ernster, großer Art ist dem kalifornischen Hochwald eigen. Wie Säulen ragen die schlankgewachsenen Bäume empor, und in riesiger Höhe schließen sie sich mit ihren Kronen zur gründunklen Wölbung des gewaltigen Walddomes zusammen.

Die Formen und Gestalten der Bäume sind in ihrer ganzen Eigenart zu erkennen. Keine Schling=

pflanze umstrickt das schöne, geschlossene, meist glatte Rindenkleid, kein Parasit entzieht dem Stamm seine besten Lebenssäfte, und so entfaltet sich jeder einzelne Baum zu seiner höchsten Vollkommenheit. Adel und Größe erfüllt diese herrliche Waldnatur.

Gegen 6 Uhr abends steigen wir in ein kleines, flaches Kesselthal hinab, Wawona genannt. — Unsere erste Nachtstation. Sie liegt 1195 Meter über dem Meer. Südwestlich, sieben Meilen weiter, befindet sich der berühmte Mariposa-Hain von Riesenbäumen, den wir auf dem Rückweg besuchen wollen.

Wawona ist ein guter Standort für Bärenjäger. Man ließ uns leider keine Zeit, Gebrauch davon zu machen. Sonst hätten wir einige Bären geschossen — auf alle Fälle! Schon wegen der Felle! . . .

Montag, 7. August. Vor 6 Uhr verlassen wir das stille Waldthal von Wawona.

Wir passieren das auf einer Waldblöße am Ufer des Merced-Flusses aufgeschlagene Zeltlager der militärischen Besatzung des Yosemitedistrikts, der ebenso wie der Yellowstonepark vom Staate angekauft und als Nationaleigentum vor Verwüstung und Ausbeutung geschützt ist.

Steil geht es nun bergauf nach dem Kamme, der uns vom Yosemitethal trennt.

Fröhliche Unterhaltung verkürzt uns die langsame Fahrt. Mistreß S. singt mit wohllautender Stimme spanische Lieder, die Herren O. und W. füllen die Pausen durch einen Lärm aus, den sie auch für Gesang halten.

Ringsumher entfaltet die Waldnatur ihre ganze berückende Schönheit, die noch durch den Glanz des Himmels erhöht wird, der sich in ungetrübter Pracht und Reinheit darüberwölbt.

Unter den prächtigen Bäumen mit ihren hoch= ragenden, luftigen Wipfeln weht eine erfrischende balsamische Luft, die wir mit unbeschreiblichem Wohl= behagen einatmen. Allerorten sprudeln Quellen krystall= klaren Wassers. Wir erreichen die Höhe des Kammes, 1980 Meter über dem Meer. Dann geht es wieder steil bergab. Bei der Station „Elf=Meilen“, einigen Blockhäusern mitten im Walde, werden die Pferde gewechselt.

Etwa eine Stunde sind wir weiter gefahren, da plötzlich öffnet sich vom Rand eines Abgrundes aus der Blick in eine gigantische Felsenwelt. Eine ungeheure Schlucht liegt vor uns, deren Felswände, von Zinken, herrlichen Domen und Terrassen gekrönt, fast senkrecht 1000 bis 1500 Meter hoch aufsteigen. Tief unten auf dem ebenen Thalgrund zu Füßen der erhabenen Granitmauern schlängelt sich der Merced wie ein smaragdgrüner Faden, prangt ein paradiesischer Garten in üppigstem Wachstum. Das ist das Yosemitethal, das Ziel unserer Reise.

Gegenüber der Kuppe, auf der wir stehen — wir befinden uns 1700 Meter hoch auf dem sogenannten „Gipfel der Begeisterung“ — ragt jenseits des Thales eine ungeheure, quadratförmige Granitklippe, El Kapitan

genannt, majestätisch gen Himmel, diesseits erheben sich
die imposanten Kathedralfelsen. Diesen beiden Thor-
pfeilern des Thaleinganges reihen sich auf der einen
Seite die schönen Felsgipfel der „Drei Brüder“ und
die regelmäßige Flachkuppel des Nord=Domes an, auf
der andern Seite die schlanken Kathedraltürme, die
Schildwachtfelsen und die Gletscherkuppe. Dem Nord=
Dom gegenüber bildet die seltsam halbierte, hohe Kuppel-
form des Süd= oder Halb=Domes (1443 m) den
Hintergrund des grandiosen Bildes.

Das Yosemitethal, diese aus der Gebirgskette
herausgesprengte Riesenkluft, die wahrscheinlich, nach der
Ansicht Whitneys, durch eine gewaltige Erderschütterung
entstand, wurde, soviel man weiß, von weißen Männern
zuerst im Jahre 1851 erblickt, als eine kleine Abteilung
Soldaten bei der Verfolgung von Indianern in diesen,
hinter Berg= und Urwaldwildnis versteckten, weltentlegenen
Erdwinkel geriet.

In stummer Bewunderung sind wir geraume Zeit
in den Anblick der urgewaltigen Gebirgsnatur versunken.
Der Kutscher mahnt zum Aufbruch, und wir fahren in
die Tiefe. Der steile, steinige Pfad folgt zuerst der
Flanke des Felsens der Begeisterung und dringt sodann
in Dickicht und Wald. In der Thalsohle angelangt,
überschreiten wir am Fuß der Kathedrale den Braut=
schleierbach gleich unterhalb des herrlichen Brautschleier=
Falles, des ersten der riesigen Wasserfälle, die zu beiden
Seiten des Thales über die Felsumwallung herab-
brausen.

Der Brautschleier=Fall (Bridalveil), von den Indianern
Po=ho=no, des Bösen Windhauch, genannt, stürzt 600 Fuß
hoch frei herab, dann in herrlichen Kaskaden noch etwa
300 Fuß über Trümmer, die sich am Fuße des Felsens
zwischen hohen Bäumen und dunklem Gesträuch auf=
bauen. Der Wind treibt den oberen Teil, der sich in schnee=
weißen Staub auflöst, zur Seite, so daß er wie ein
breiter Schleier an der Felswand hinweht.

Auf der gegenüberliegenden Thalseite neben dem
Kapitan kommt ca. 1500 Fuß hoch der Ribbonfall
herab, der indes — abgesehen von seiner Höhe —
keinen bedeutenden Eindruck macht. Doch eine halbe
Stunde weiter, fast in der Mitte des Thales, stürzt
über die Nordwand in drei Absätzen mit einer Gesamt=
höhe von 2600 Fuß der eigentliche Yosemite=Fall, der
höchste Wasserfall der Erde!

Über den ersten, 1500 Fuß hohen Absatz wallt
das Wasser wie ein schneeweißer Faden hernieder, der
stellenweise, wo die Felswand weniger steil ist, zu einem
silbergrauen Schleier zerstäubt. Dann kommt ein
felsiger Vorsprung, durch den sich das stürzende Wasser
eine tiefe Rinne gegraben, in der es völlig verschwindet,
um gleich darauf wieder über die senkrechte Wand des
zweiten Absatzes, und endlich über ein Wirrsal geborstener,
abgestürzter Felsblöcke in den Thalgrund herabzubrausen.

Am Ufer des stillen, grünen Merced geht unsere
Fahrt weiter, hüben und drüben leuchten durch das
herrliche Grün der Eichen, der hohen Föhren, Fichten
und Cedern die hellgrauen, nackten Granitwände.

Immer von dem Rauschen und Tosen der Katarakte
begleitet, erreichen wir endlich gegen Mittag das Thal=
hotel, Stoneman=Haus, das auf einer Lichtung am Fuße
der Gletscherkuppe liegt, die senkrecht 3300 Fuß hoch vom
Thalgrund aufsteigt.

Die heißen Tagesstunden nach dem Lunch bringen
wir auf der Veranda des Hauses zu, wo wir in bequemen
Schaukelstühlen der Ruhe pflegen.

Von hier aus schweift der Blick freier zu den
Granitkolossen hinan, die mit ihren gewaltigen Kuppeln
den Himmel zu tragen scheinen.

Am Nachmittag unternehme ich eine Fußwanderung
durch das Thal. Ich bin ganz allein. Freund Meyer
ist schon vorher ausgeflogen, um photographische Auf=
nahmen zu machen.

Ich schreite am Ufer des grünen, klaren Merced
entlang, unter riesigen Eichen und Koniferen. Tiefe
Einsamkeit herrscht in diesem Thalgrund, dessen üppige
Vegetation in der starren Felsenumrahmung einen groß=
artigen Gegensatz findet. Die schneegebornen Bäche, die
von unnahbaren Bergeshöhen über die Wände nieder=
rauschen, bringen Leben und Bewegung in die ernste, er=
habene Scenerie.

Dem Yosemite=Fall gegenüber mache ich Rast. Ich
sitze auf einem Baumstamm, voll Ehrfurcht und Be=
wunderung in den Anblick der tosenden Katarakte ver=
sunken; da tritt ein einfacher Mann in Hemdsärmeln,
das graubärtige Gesicht von einem breiten Hut beschattet,
zu mir heran und richtet einige Worte an mich. Ich

antworte kurz. Mein Englisch belehrt ihn, daß er es mit keinem Amerikaner zu thun hat, und ohne sich erst nach meiner Landsmannschaft zu erkundigen, setzt er sogleich die Unterhaltung in gutem Deutsch fort: „Ich bin auch ein Deutscher, heiße Carl Raabe, in Hamburg geboren. Bin schon 30 Jahre hier in Kalifornien. Wenn Sie nach Deutschland zurückkommen, nach Berlin, bitte, bringen Sie bei Gelegenheit Friedrich von Richthofen Grüße von Carl Raabe!" —

Er erzählt mir hierauf, er habe den berühmten Geologen auf seiner amerikanischen Studienreise als Gehilfe begleitet. Mit dem amerikanischen Forscher Whitney habe er — zum ersten Male — den Mount Whitney am Südende der Sierra, den höchsten Berg*) der Vereinigten Staaten, erstiegen und gemessen. Die Sierra kenne er überhaupt gründlich, „von oben bis unten", wie er sich ausdrückte. Darum sei er auch jetzt ins Yosemite-Thal gekommen, um Touristenpartieen auf die umliegenden Felsenhöhen zu führen. Leider habe sich seine Hoffnung, damit ein Stück Geld zu verdienen, als trügerisch erwiesen, da eine Konkurrenz mit den Hotels und Maultiervermietern, die das ganze Geschäft in Händen haben, unmöglich sei. So kampiere er nun, vorläufig unthätig, mutterseelenallein in einem Winkel des Thales und vertreibe sich die Zeit mit Lesen. Um die deutsche Sprache nicht zu verlernen, halte er sich stets eine deutsche Zeitschrift, gegenwärtig „Vom Fels

---

*) 4640 Meter.

zum Meer". Meine Mitteilung, daß ich in Begleitung
Dr. Meyers, des Leiters der Urania=Sternwarte, reise,
interessiert ihn ganz besonders, da er von der Existenz
dieses Institutes schon durch seine Zeitschrift Kenntnis
erhalten hat.

Unter eifrigem Gespräch wandern wir das Thal
entlang.

„Als ich das erste Mal in Yosemite war," erzählt
mein Begleiter unter anderem, „da waren die Haupt=
bewohner des Thales die Indianer, die Bären und
Schlangen. Gefährlich waren aber alle drei nicht. Die
Bären und Schlangen griffen den Menschen nicht an, wenn
er sie in Ruhe ließ, und die Indianer waren ein gutmütiger,
friedlicher Stamm. Alle drei sind jetzt „rarities" in
diesen Gründen. Fast nur noch der Name des Thales
erinnert an seine früheren Bewohner: Yo=Semite ist
indianisch und heißt „Großer Grislibär". —

Wir sind in der Nähe des Hotels angelangt. Mein
neuer Bekannter verabschiedet sich von mir, verspricht
aber, uns am Abend im Hotel zu besuchen, „er müsse
doch auch den Urania=Doktor, von dem er so viel
Interessantes gelesen, kennen lernen."

*   *   *

Herr Raabe hielt Wort. Mit seinem besten Rock
angethan, erschien er am Abend im Hotel, aufs herz=
lichste von uns begrüßt. Er brachte Spezialkarten mit

und belehrte uns mit großem Eifer über die geologisch
interessantesten Gegenden, die er mit Whitney und
anderen durchzogen hatte.

Er machte den Eindruck eines Mannes, der der
Natur mit offenen Augen ins Antlitz geschaut, der viel
gelesen und hauptsächlich durch rastlose Selbstbelehrung
seine wissenschaftliche Bildung erworben hat. Er
kannte alle hervorragenden Naturforscher Amerikas,
hatte mit vielen von ihnen in persönlichem Verkehr
gestanden, freilich immer nur in ganz untergeordneter
Stellung. Er zeigte sich in astronomischen, geologischen,
physikalischen Dingen gleich bewandert, was uns bei
ihm, dem einfachen Bergführer von Yosemite, immer
wieder aufs neue überraschte.

Zuletzt war er an der Universität von Kalifornien
in der meteorologischen Abteilung beschäftigt gewesen.
Sein unstäter Geist hatte ihn aber, wie es schien, nicht
lange auf dem ruhigen Posten verharren lassen und
ihn wiederum in die Berge getrieben.

Während wir auf der Veranda des Hotels plaudernd
bei einander saßen, wurde unsere Unterhaltung eine Zeit=
lang durch ein phantastisches Schauspiel unterbrochen.
Von der mächtigen, dunklen Höhe der Gletscherkuppe —
3300 Fuß über dem Thalboden — wurden Feuer=
brände herabgeworfen, die wie glühende Schlangen über
die Felswand herabglitten, ein Feuerwerk, das allabend=
lich dort oben, wo sich ein kleines Hotel für die Be=
sucher des grandiosen Aussichtspunktes befindet, ver=
anstaltet wird.

Es war nahe an 10 Uhr, als wir uns Gute Nacht sagten. Unser neuer Freund machte sich, mit einer Handlaterne ausgerüstet, auf den Heimweg nach seinem einsamen Zeltlager.

Wir sahen ihn noch einmal wieder. Als wir am anderen Tag das Thal verließen, erwartete er unsern Wagen in Yosemite = Village, einem winzigen Dorf inmitten des Thales, wo wir zur Aufnahme der Post ein paar Minuten anhielten. Wir drückten uns herzlich die Hände und sagten uns Lebe= wohl. —

Am anderen Morgen gegen 8 Uhr machte ich mich allein auf den Weg nach dem „Spiegelsee".

Freund Meyer war, da wir keine bestimmte Ver= abredung getroffen hatten, schon etwas früher dahin aufgebrochen.

Auf einer Brücke in der Nähe des Hotels über= schritt ich den Merced und wanderte eine Zeitlang dicht am Ufer des Flusses hin, wobei ich das hohe Gras zu meinen Füßen recht sorgfältig im Auge behielt, um mich nicht einer unvorhergesehenen Begegnung mit einer Klapperschlange auszusetzen.

Ich kam an zahlreichen „Camps" vorüber, Lager= plätzen, auf denen nach amerikanischer Sitte Natur= freunde, Herren und Damen, mit den nötigen Mund= vorräten versehen, ihre Zelte aufschlagen, um ein paar Wochen lang in Gottes herrlicher Natur ein freies, fröhliches Leben zu führen.

Sommerstorff.   12

Mein Weg war nicht zu verfehlen. Durch die Kuppeln des Nord= und Süd=Domes, zwischen denen an der Mündung des Tenaya=Cañon der Spiegelsee liegt, war mir die Richtung, die ich einzuschlagen hatte, vor= gezeichnet.

Ich verließ das Hauptthal und bog nordöstlich in ein Seitenthal ein, wo die himmelhohen Felsen= wände näher aneinanderrücken. An ihrem Fuße, von Urwaldbdickicht fast verhüllt, strebt der Tenaya in stillem Laufe dem Merced entgegen.

Zahllose Eichkätzchen huschten über den Weg, auf ungeheuren Granitblöcken sonnten sich gehörnte Eidechsen, und wundervoll blauschillernde Vögel schwirrten durch das Laubwerk der Baumriesen.

Und plötzlich, nach etwa dreiviertelstündiger Wande= rung, lag in einer kreisförmigen Ausweitung der Schlucht das entzückende Seebild vor mir.

Atemlos, wie von Zaubertrug gebannt, sah ich wie einen blauen, unermeßlichen Abgrund den Himmel zu meinen Füßen, sah ich die Bergtitanen mit ihren Häuptern, die Baumriesen mit ihren Kronen in die märchenhafte Tiefe hinabragen.

Eine verkehrte, eine verdoppelte Welt, unbeschreiblich schön und still, breitete sich unter mir aus — —

Kein Lufthauch kräuselte diese krystallene Seefläche, ich brauchte meinen Blick nicht mehr himmelaufwärts zu richten, um die Kuppel des Basket=, des Nord= und Süd=Domes zu schauen; mit dem großen, stillen Auge des

Sees umfaßte ich mit einem Blick das Gesamtbild der berückenden Landschaft.

Jedes Blättchen, jedes Ästchen der Bäume, die den See umringten oder ein paar Meter vom Ufer entfernt aus dem seichten Wasser aufragten, fand sich in der regungslosen Flut aufs schärfste wied r- gespiegelt.

Freund Meyer erschien jetzt gleichfalls auf der silberhellen Spiegelbildfläche, indem er mir vom gegen- überliegenden Ufer entgegenkam. Er hatte — vor meiner Ankunft — die Sonne im See hinter der Kuppel des Halbdomes aufgehen sehen.

Ringsum herrschte tiefste Ruhe, wir waren die einzigen Menschen in dieser weltabgeschiedenen Ein- samkeit.

Es kostete uns große Überwindung, als wir uns endlich von dem uns umstrickenden Zauber dieser lieb- lichen und zugleich großartigen Landschaft losreißen mußten, um den Rückweg anzutreten.

Es war der Rückweg zur — Heimat! Denn der Spiegelsee war das äußerste, abgelegenste Ziel unserer Reise gewesen. —

* * *

Von den paar Dutzend noch übriggebliebenen Ur=
einwohnern des Yosemite=Thales, den sogenannten Digger
(Shoshone)=Indianern, die der niedrigsten Klasse der
Rothäute angehören und sich von Wurzeln, Eicheln und
Fischen nähren, bekamen wir nur einen einzigen, elend
aussehenden, mit blauen schmutzigen Zwilchhosen und
einer gleichfarbigen Jacke bekleideten Burschen zu Gesicht,
als er eben Fische ins Hotel brachte.

Um Mittag bestiegen wir wieder unseren Reise=
wagen, um auf demselben Wege, auf dem wir tags zuvor
gekommen waren, nach Wawona zurückzukehren.

Vom „Gipfel der Begeisterung" aus genossen wir
rückschauend zum letzten Mal den Anblick des paradie=
sischen Thales mit seinen himmelstürmenden Bergtitanen,
mit seinen großartigen Wasserfällen, von denen jeder
einzelne genügen würde, in Europa alljährlich viele
tausend Reisende anzuziehen.

Wir erreichten Wawona, das „Juwel der Sierra,"
um 7 Uhr abends.

Noch einmal konnten wir uns ganz dem unbeschreib=
lichen Zauber hingeben, der dem kalifornischen Hochwald,
besonders in der abendlichen Stimmung, innewohnt.
Bäume, Gräser und Blumen hauchen würzige Düfte
aus, dann und wann regt sich ein Lüftchen, wie ein
leiser Atemzug der Natur, die sich schlafen gelegt, um
am nächsten Morgen neugekräftigt und im frischesten
Glanz zu erwachen.

Die Nacht war längst hereingesunken, unsere Ge=
fährten hatten sich zur Ruhe begeben, wir aber blieben.

noch lange draußen im Bann dieser stillerhabenen Waldnatur, die ein wunderbar sternenklarer Himmel überwölbte.

Mittwoch, 9. August. Um 6 Uhr früh Abfahrt. — Von Wawona bis zum Mariposa-Hain beträgt die Entfernung 7 Meilen.

Wir haben wieder steil bergan zu klimmen, denn der gigantische Hain liegt 1980 Meter über dem Meer, also 800 Meter höher als Wawona.

Der Wald entfaltet die ganze Fülle seiner Pracht. Zuweilen sendet die Sonne ihren vergoldenden Schimmer in die grüne Dämmerung, durch die unaufhörlich ein geheimnisvolles Flüstern und Rauschen geht.

Nach fünf Viertelstunden etwa gelangen wir in das Revier der „Big trees."

Der „Big tree," kalifornischer Riesen- oder Mammutbaum, ist eine Konifere aus der Familie der Fichten. Der Entdecker dieser Bäume, ein Engländer, nannte ihn Wellingtonia, den Amerikanern gefiel der Name nicht, sie änderten ihn in Sequoia gigantea, zu Ehren eines pennsylvanischen Häuptlings aus dem vorigen Jahrhundert, der ein Freund der Weißen und der Civilisation war.

Den Ehrentitel „Big tree" tragen nur Bäume, die einen Durchmesser von 20 bis 30 Fuß, einen Umfang von 60 bis 90 Fuß, und eine Höhe von 250 bis 300 Fuß haben.

Man zählt deren über 400 im Mariposa-Hain.

Der untere Hain, den wir zunächst erreichen, enthält den größten von allen, den Riesen aller Riesen.

Er hat einen Umfang von 96 Fuß und einen Durchmesser von 30 Fuß. Sein Hauptast, 200 Fuß vom Erdboden entfernt, ist 6 Fuß dick.

Ich umschreite den Gewaltigen, indem ich mich dicht an seinen Stamm drücke, und zähle 53 Schritte.

Beim Ansteigen zum oberen Hain, der aus 365 Riesenbäumen besteht, führt die Straße durch einen zehn Fuß hohen und ebenso breiten Tunnel, der mitten durch eine lebende Sequoia, die 26 Fuß im Durchmesser hat, gehauen ist und eine bequeme Durchfahrt für unsern vierspännigen, mit einem hohen Sonnendach versehenen Wagen bildet.

Wir fahren an allen größeren, „berühmten" Bäumen des Haines vorüber. Viele von ihnen haben ihre Gipfel verloren, einige liegen vom Blitz oder Sturm gefällt am Boden und sind mit einer Hülle von Laub und Schlingpflanzen bedeckt, andere sind durch die Brandfeuer der Indianer beschädigt.

Besonders merkwürdig ist der „Teleskop-Baum", der innen in seiner ganzen Höhe, von der Wurzel bis zum Gipfel, von den Indianern einst durch Feuer ausgehöhlt worden ist. Zu Vieren können wir in dem lebendigen Schacht bequem Platz finden und erblicken durch die Mündung des Rohres hoch oben das Blau des Himmels und die üppig grünenden Zweige der Baumkrone!

Etwa 10 Bäume sind über 250 Fuß hoch, der höchste 270, und ungefähr zwanzig haben einen Umfang von mehr als 60 Fuß, drei einen Umfang von 85 bis 90 Fuß.

Wer vermöchte den Eindruck zu schildern, den diese ehrwürdigen Patriarchen des Waldes auf das menschliche Gemüt machen! Er überwältigt uns und übertrifft auch die kühnsten Vorstellungen, die sich unsere Phantasie von diesen Pflanzenkolossen vorher gemacht hat.

Die Laune der Natur hat den Samen dieses königlichen Baumgeschlechtes vielleicht zu der Zeit gesät, da Salomo den Tempel von Jerusalem erbaute, der seit Jahrtausenden schon in Trümmern liegt.

In einer Blockhütte inmitten des Urwaldes kaufen wir uns zum Andenken einige kleine Gegenstände, die teils aus dem Holz, teils aus der 50 bis 70 Centimeter dicken Rinde der Sequoia gigantea gefertigt sind, sowie einen Riesentannenzapfen, der einen halben Meter lang ist, aber nicht von einer Gigantea*), sondern von einer Sequoia sempervirens (Rottanne) stammt, dem Baume, der den hauptsächlichsten Bestand aller kalifornischen Wälder bildet.

Nach fünfstündiger Fahrt erreichen wir wieder das Sulphursprings-Hotel, wo wir abermals Mittagshalt

---

*) Die Gigantea hat auffallend kleine, kugelige Zapfen.

machen, und von hier in weiteren fünf Stunden, um
6 Uhr abends, die Bahnstation Raymond, von der wir
ausgegangen.

Hier endete unser Ausflug in die Urwälder der
Sierra Nevada. —

XII.

Zum Großen Salzsee.

Die Hauptstadt Kaliforniens. — Über die Sierra Nevada. —
Schneegalerien. — Ein Eisenbahnunfall. — Die große
amerikanische Wüste. — Im Thal der Heiligen.

Eine Stunde später fuhren wir mit der Bahn nach
Norden weiter.

Damit unsere Nachtruhe nicht gestört werde, blieb
gegen 10 Uhr unser Schlafwagen auf freiem Felde
stehen. Die Lokomotive dampfte allein von dannen
bis zur nächsten Station, und holte den Zurückgelassenen
gegen Morgen wieder ab.

Ohne diese Rücksicht wären wir gezwungen gewesen,
mitten in der Nacht in Lathrop und zwei Stunden
später in Sacramento umzusteigen, während wir so nach
ungestörter Nachtruhe um 8 Uhr früh in Lathrop an=
kamen und in Sacramento, ohne lange warten zu müssen,
den Anschluß an den von San Francisco kommenden
Zug der Central=Pacificbahn erreichten.

Donnerstag, 10. August. Die Wartezeit in Sacramento, etwa eine Stunde, benützten wir zu einem kleinen Spaziergang in die Stadt.

Mr. R., der Engländer, begleitete uns. Von den anderen Reisegefährten hatten wir uns in Lathrop getrennt.

Die Hauptstadt Kaliforniens ist nach der stereotypen amerikanischen Stadtplanschablone gebaut: geradlinig parallellaufende Straßen, die rechtwinkelig von anderen Straßen durchschnitten werden. Die Nüchternheit dieser Anlage fällt indeß hier nicht allzusehr ins Auge, da die meisten Straßen von schönen Bäumen beschattet, von hübschen Gärten umsäumt sind.

Der Blick in eine Seitenstraße, an der wir auf unserem Eilmarsch vorüberkamen, belehrte uns, daß auch Sacramento sein Teil Asien abbekommen hat. Auch ohne die geschäftig auf- und abeilenden Zopfträger hätte man schon an der Buntheit der Häuserfronten das „Chinesenviertel" sofort erkennen müssen.

Wir hätten gerne noch das Staats-Kapitol, das eines der schönsten Gebäude in Amerika sein soll, aufgesucht, aber es blieb uns keine Zeit mehr, wir mußten schleunigst zum Bahnhof zurück.

Um 11 Uhr langte der Zug aus San Francisco an und mit ihm Freund Kranz, der Maler. Das Reisekleeblatt war wieder vereinigt.

Wir bezogen unsere Plätze in dem prächtigen Salonwagen, der uns 36 Stunden beherbergen sollte.

So lange dauerte die Reise bis zum Großen Salzsee, wo wir in der Mormonenstadt einen Tag Halt zu machen gedachten.

Zunächst durcheilte unser Zug schöne, fruchtbare Landstriche mit prächtigen Obstgärten, besonders Orangen- und Rebenpflanzungen.

Die Fahrt ging beständig bergauf, hatten wir doch die Sierra Nevada zu überklettern.

Bei Blue Cañon, 80 Meilen von Sacramento, waren wir bereits über 1400 Meter gestiegen. Der Übergang von der subtropischen Vegetation des milden kalifornischen Klimas vollzieht sich im Verlauf weniger Stunden. Stellenweise fuhren wir an Abgründen ent- lang auf schmalen Felsenbändern, die kaum für die Schienen Raum ließen.

Bei Summit-Station durchdrangen wir einen 485 Meter langen Tunnel und erreichten die Paßhöhe (2138 m) der Sierra.

Die Gebirgslandschaft schien großartig zu sein. Schneebedeckte Bergketten tauchten auf, doch nur mo- mentweise, denn fast unausgesetzt rollten wir durch halb- dunkle Schneegalerieen, festgezimmerte Holzblocktunnels, die sich stundenlang beinahe ohne Unterbrechung hin- zogen und uns den Ausblick versperrten. Nur hie und da konnten wir durch Spalten oder Öffnungen, welche blitzartig vorüberhuschten, den erhabenen Gebirgscharakter der Landschaft flüchtig erkennen. Wir litten wahre Tantalusqualen!

Von der höchsten Station beim Sierra-Übergang waren wir wieder etwa 1000 Meter hinabgestiegen bis White Plains, dem niedrigsten Punkt (1187 m) der Bahn auf einer Strecke von 1000 Meilen. Wir hatten inzwischen Kalifornien verlassen und waren in den Staat Nevada — „Sage Brush State" — eingetreten.

Während der Nacht hatten wir ein kleines Eisenbahnunglück. Unsere Maschine war infolge eines Achsenbruches aus den Schienen gesprungen, hatte sich jedoch glücklicherweise sogleich festgefahren, hart am Abgrund! —

Wir hatten den starken Ruck zwar bemerkt, aber ruhig weiter geschlafen. Erst am Morgen erfuhren wir die ganze Bescherung, und daß wir bis zur Ankunft einer andern Maschine vier Stunden lang stillgestanden hatten.

Infolge dieses Unfalles bekamen wir einen großen Teil der Gegend, die uns sonst die Nacht verhüllt hätte, zu Gesicht, freilich nur ein ödes, unfruchtbares Hochplateau, dessen Anblick uns nicht für die versäumte Zeit entschädigen konnte.

Freitag, 11. August. Die Bahn folgt den Ufern des Humboldtflusses. Zwischen ärmlichen Weiden rieseln seine grüngrauen Wasser in trägem Lauf dahin.

Bei der Station Carlin (1493 m) erregen einige Gruppen von intelligent aussehenden Pinte-Indianern, Männer, Weiber und Kinder, unser Interesse. Lange, glänzendschwarze, glatte Haare umrahmen die ernsten Gesichter. Ihre Kleidung, wenngleich grundverschieden von ihrer ursprünglichen Nationaltracht, ist doch höchst eigenartig und malerisch. Die Weiber haben bunte, faltige Tücher um Kopf, Schultern und Hüften, einige Männer haben lange weiße Röcke, anscheinend aus Leder, bunte Hemden und breite Hüte.

Die Bahn führt stetig bergan, erreicht endlich bei Moors, im Engpaß der Cedern, eine Höhe von 1879 Metern, worauf sie sich wieder senkt.

Die Gegend wird immer eintöniger. Bei Tecoma treten wir in das Territorium Utah.

Ein einzelner Fels erhebt sich etwa 1000 Meter über den Boden. Er heißt der Pilot, weil er den Karawanen, die aus der amerikanischen Wüste kamen, den Weg nach dem Humboldtflusse wies, wo sie das erste trinkbare Wasser fanden.

Wir erreichen den wüstesten Teil der Wüste, er heißt Great American Desert, — eine schaurige Einöde! Dürre, braune Hügel, und Sand, nichts als Sand. Nur hie und da Striche von Sage Brush, den graugrünen Wermutbüscheln. Feiner, alkalinischer Staub erfüllt die Luft, dringt trotz der festgeschlossenen Fenster in den Wagen und belästigt Augen und Nasen der Reisenden.

Je näher wir dem Großen Salzsee kommen, desto trostloser wird die Wüstenei. Aus dem gelblichen Sandmeer tauchen ab und zu kahle Felsenreihen auf, die einstigen Küstensäume des ausgetrockneten Binnen= meeres, das sich zwischen der Sierra und dem Felsen= gebirge ausdehnte, und dessen Überbleibsel der Große Salzsee ist.

Da erscheint auch schon die ungeheure, metallisch glänzende Wasserfläche.

Die Bahn umzieht das Nordufer des Sees, erreicht bei Corinna, der „Heidenstadt", ihren niedrigsten Punkt — 710 Meter —, um dann wieder 600 Meter bis Ogden emporzusteigen.

Wir haben die untergehende Sonne im Rücken, ein breiter Regenbogen durchleuchtet den Dunstschleier über dem See. An der Nordostbucht überschreiten wir den Bären=Fluß und wenden uns nach Süden.

Ringsum bewaldete Hügel und kahle Felsenberge, von der scheidenden Sonne mit blauen und rosigen Lichtern übergossen.

Wir sind im Thal der Heiligen, im gelobten Land der Mormonen.

Um 9 Uhr laufen wir am Bahnhof in Ogden ein. Die Central=Pacificbahn erreicht hier ihren östlichen, die Union=Pacificbahn ihren westlichen Endpunkt.

Eine Zweigbahn führt von Ogden nach Saltlake=City, eine Strecke von 37 Meilen, die wir in zwei Stunden zurücklegen.

Bei dunkler Nacht treffen wir in der Hauptstadt der Mormonen ein. Wir steigen im Hotel Knutsford ab, mit uns Mr. R., der uns seit Yosemite begleitet.

XIII.

Die Mormonenstadt.

Kurze Geschichte des Mormonentums. — Brigham Young. — Die Polygamie. — Der Tempel. — Das Tabernakel. — Ein Bad im Großen Salzsee.

Sonnabend, 12. August. Saltlake=City, das Zion der Heiligen des Jüngsten Tages, liegt auf einem weiten Hochplateau (1290 m), das sich am Fuß der gigantischen Ketten des Wahsatch=Gebirges in ungesehene Fernen nach Norden hinzieht.

Die Mormonenstadt unterscheidet sich in ihrem Äußern — für den flüchtigen Besucher wenigstens — kaum von irgend einer anderen Mittelstadt der Union. Sie ist nach dem Muster aller amerikanischen Städte erbaut. Die Straßen schneiden sich wie die Linien eines Schachbretts, in rechten Winkeln; sie sind meist von prächtigen Laubgängen durchzogen, in den besseren Wohnungsvierteln verstecken sich die Häuser hinter schattigen Gärten.

Die Geschäftsstraßen tragen das echt amerikanische Gepräge, in ihrem Verkehr, in ihren Gebäuden, die jeder architektonischen Verzierung entbehren. Die Erdgeschosse sind sämtlich Kaufläden und gegen die Straße in ihrer ganzen Breite offen. Ankündigungen bedecken die Mauern bis unter das Dach, genau so wie anderswo.

Was uns diese Stadt dennoch mit ganz anderen Augen ansehen läßt, was sie uns anziehender macht als irgend eine andere Mittelstadt der Union, das ist ihre interessante Vergangenheit, ist die Geschichte des Mormonentums überhaupt, die wir uns in kurzen Zügen ins Gedächtnis zurückrufen wollen.

Der Stifter des Mormonentums war bekanntlich Joë Smith, geboren 1805 zu Sharon im Staate Vermont.

Er behauptete, eines Tages von einem Engel eine auf Metallplatten eingegrabene Schrift empfangen zu haben, die er unter dem Titel „the Book of Mormon“ herausgab. In Wahrheit hatte er das Manuskript eines von einem presbyterianischen Prediger verfaßten Romanes benützt, in dem die Indianer Nordamerikas als die Abkömmlinge des Zehnstämmereiches erschienen. Mit Festhaltung am alten Testament hatte er in dem Book of Mormon das neue Testament verstümmelt und die christliche Lehre auf einigen ihrer weniger klaren Gebiete nach seinem Geschmack ausgelegt, wobei er sich darauf berief, daß Gott selbst ihm erschienen und ihn mit der Bildung einer neuen, alle bisherigen an Vollkommenheit übertreffenden Religionsgemeinschaft beauftragt habe.

Er gründete also am 6. April 1830 zu Fayette im Staate New-York die neue „Church of Jesus Christ of Latter Day Saints" und gewann bald zahlreiche Anhänger.

Nach manchen Wanderungen erbaute die neue Gemeinde, in der alle biblischen Ämter: die zwölf Apostel, Propheten, der Rat der Siebzig, Hohepriester, Älteste, Bischöfe, Priester und Lehrer wieder eingeführt waren im Jahre 1840 die Stadt Nauvoo am Mississippi in Illinois.

Vier Jahre später ereilte Smith der Tod des Märtyrers. Er wurde mit seinem Bruder Hiram in einem Pöbelaufstand von dem wütenden Volke ermordet.

Zur Zeit dieser Mordthat war Brigham Young, seines Zeichens Zimmermann, Präsident der zwölf Apostel. Sofort trat er an die Spitze des Gemein- wesens. Es gelang ihm, der grausam verfolgten und der Auflösung nahen Sekte neues Leben einzuhauchen Er erklärte sich für den Nachfolger Jesu Christi und thatsächlich errang sich der merkwürdige Mann durch seine Menschenkenntnis, seinen hellen Verstand, seine Ausdauer, seine unbezähmbare Thatkraft und vor allem durch die ihm innewohnende unumschränkte, geheimnis- volle Macht über die Gemüter, eine an göttliche Ver- ehrung grenzende Unterwürfigkeit bei seinem „Volke".

Er war es auch — nicht Joë Smith — der die Polygamie begründete. Angeblich von Gott selbst dazu ermächtigt, erhob er sie zum Dogma: „Die Ehe gehe allen Pflichten der Menschen voran. Weder ein Mann, noch) eine Frau könne allein den Willen Gottes erfüllen: wie Sand am Meere sollen sich die Heiligen vermehren zur Ausbreitung ihrer Herrschaft über die Welt. Um dies zu ermöglichen, sei die „Pluralität", d. h. die Vielweiberei unerläßlich." —

Nach allen Ländern der Welt entsendete Brigham Young Missionäre, die mit großem Erfolg das Bekehrungswerk betrieben und dem Mormonentum Scharen von Gläubigen, die meisten aus Europa — aus England und dem skandinavischen Norden — zuführten.

Allein jemehr das Volk der Mormonen wuchs und unter dem belebenden Einfluß Brigham Youngs in sich erstarkte, desto heftiger wurde die Anfeindung von außen. Fortwährend von ihren „heidnischen" Nachbarn befehdet, den Gewaltthaten des Pöbels ausgesetzt, der entschlossen war, sie zu verjagen, konnten sie ihres Daseins nicht froh werden. Ihre Lage wurde immer unhaltbarer, auch die staatlichen Behörden von Illinois vermochten sie auf die Dauer nicht mehr zu schützen, und so beschlossen sie, ihre Ansiedelungen am Mississippi zu verlassen und nach dem fernen Westen auszuwandern.

Brigham · Young unternahm zunächst — im Frühling 1847 — mit wenigen Begleitern eine Erforschungsreise.

Unter großen Mühen und Gefahren erreichte er im Juli den Großen Salzsee.

Die Gegend, obwohl eine unfruchtbare Wüste, eine weltabgeschiedene Einöde die vor ihm außer Trappern

kein Weißer betreten hatte, erschien ihm dennoch oder
vielleicht gerade deswegen als das geeignetste Land zur
Niederlassung der Mormonen.

Er steckte den Platz für die künftige Stadt „Neu-
Jerusalem" aus, und kehrte nach den Ufern des
Mississippi zurück.

Jetzt endlich schlug für das Mormonenvolk die
Stunde des Abzugs.

Mitten im Winter brachen sie auf, Männer,
Weiber, Kinder, in Wagen, in Karren, auf Eseln,
zu Fuß.

Die lange, furchtbar beschwerliche Reise, die zahllose Opfer forderte, ging über die Prairie von Nebraska,
durch die Engpässe der Rocky Mountains, durch die
große Wüste, das heißt, das öde Hochplateau zwischen
dem Felsengebirge und der Wahsatchkette, endlich, nachdem unter den entsetzlichsten Leiden, Entbehrungen, Ver-
lusten an Menschenleben nahe an fünfzehnhundert
Meilen zurückgelegt waren, hinab nach dem Becken des
Großen Salzsees.

„Seit dem Auszug der Israeliten", schreibt Frei-
herr von Hübner, dessen Ausführungen ich im vor-
stehenden zum Teil gefolgt bin, „hat die Geschichte
kein ähnliches Unternehmen in ihren Blättern verzeichnet.
— Den Entschluß gefaßt, ihn ausgeführt zu haben,
mit ungeheurem Verlust an Menschen, aber ohne das
Vertrauen eines einzigen der Überlebenden zu verlieren,
diese Thatsache gehört der Geschichte an; sie genügte,
um den Namen eines Monarchen, eines Feldherrn,

eines Propheten zu verewigen. Brigham Young ver=
einigte in sich diese drei Eigenschaften." —

Neu=Jerusalem erstand. Die ersten Jahre waren für
die Ansiedler eine Zeit der äußersten Entbehrungen.

Aber der Mut, die Ausdauer, der erfinderische
Geist Brigham Youngs überwand alle Not und alles
Elend. In den schwersten Prüfungen hielten die
Gläubigen zu ihm mit unerschütterlichem Vertrauen, in
Geduld und Ergebung.

Mit unermüdlichem Fleiß wurde die unfruchtbare
Wüste durch Bewässern, Pflügen und Pflanzen zu
einer der fruchtbarsten Gegenden der Union umgeschaffen;
der junge Staat, dem fortwährend Scharen von Neu=
bekehrten zuströmten, gedieh zu hoher materieller Blüte.

Das mit beispielloser Thatkraft und Ausdauer
durchgeführte, großartige Kolonisationswerk bleibt
Brigham Youngs unvergängliches, aber auch einziges
Verdienst. Denn die Zustände, die er in sozialer und
religiöser Hinsicht geschaffen, haben mit Recht die Ent=
rüstung der ganzen gebildeten Welt hervorgerufen; sie
sind scheußlich, fratzenhaft, auf die Dauer unhaltbar,
denn sie stehen in krassem Widerspruch zu den An=
schauungen und Sitten unseres Zeitalters.

Frühzeitig schon hat die Regierung der Vereinigten
Staaten mit allen legislatorischen Machtmitteln gegen
das mormonische Unwesen angekämpft, hauptsächlich
gegen die Vielweiberei, die sie im Jahre 1876 durch
Dekret für ungesetzlich erklärte. Seitdem besteht also
die Polygamie in anerkannter Form nicht mehr.

Das fortgesetzte Einschreiten der Bundesregierung, das Zuströmen amerikanischer Staatsbürger seit Eröffnung der Pacificbahn hat denn auch im Laufe der Zeit einen bedeutenden Rückgang des Mormonismus bewirkt.

Den schwersten Schlag aber erfuhr das Gemeinwesen durch den im Jahre 1877 erfolgten Tod Brigham Youngs.

Der Körper verlor seine Seele und verfiel dem Siechtum. —

Im ganzen Territorium hat die Zahl der Nichtmormonen in den letzten zwanzig Jahren sehr zugenommen.

In der Hauptstadt selbst waren zur Zeit unseres Besuches etwa zwei Drittel der 45,000 Einwohner Mormonen, ein Drittel „Heiden". —

Den Hauptanziehungspunkt der Stadt bildet für den Fremden der heilige Platz der Mormonen, der, von einer hohen Mauer umgeben, den Tempel und das Tabernakel umschließt.

Den Tempel kann man nur von außen bewundern, der Zutritt ins Innere ist dem „Heiden" verboten.

Es ist ein großer, herrlicher Granitbau im romanischen Stil, an dessen Seiten sich je drei spitze Türme erheben, deren höchster in der Mitte der Hauptfassade vierundsechzig Meter hoch und von einer Kolossalfigur des Mormonenengels Moroni gekrönt ist.

Das benachbarte Tabernakel ist ein eigenartiges Bauwerk von elliptischer Form, 76 Meter lang, 45 Meter breit und 21 Meter hoch. Die schwerfällige, flache Kuppel, die von sechsundvierzig Sandsteinsäulen getragen wird, gleicht einer ungeheuren Schildkrötenschale. Die Engländer haben sie noch treffender mit ihren Speiseglocken verglichen.

Das Innere ist jedermann zugänglich: eine riesige Halle, nüchtern, kahl, aller religiösen Embleme ledig. Sie ist von einer Galerie umgeben und faßt 15,000 Personen. Auf einer Estrade unterhalb der schönen Orgel, welche die größte der Welt sein soll, stehen der Lehnstuhl des Propheten und die Sessel der Bischöfe.

Der Riesensaal hat eine fabelhafte Akustik. Das leiseste Flüstern, das Ticken eines Taschenuhrwerks, das Geräusch eines fallenden Streichholzes auf der Estrade, wird am gegenüberliegenden äußersten Ende der Halle ganz deutlich vernommen. Wir haben uns mit eigenen Ohren davon überzeugt.

Im Tabernakel findet jeden Sonntag ein öffentlicher Gottesdienst statt.

Der Saal wird außerdem zu Konzerten, Vorträgen und anderen Zusammenkünften benutzt.

Am Nachmittag fuhren wir mit der elektrischen Trambahn nach der am Ende der Stadt gelegenen Station der neugebauten Dampfbahn, die nach Saltair führt, der großartigen Badeanstalt am Salzsee.

Die langen, offenen Wagen des Zuges waren vollbesetzt mit Badelustigen.

Nach kurzer, flotter Fahrt durch reich bebautes Land, vorbei an großen Meiereien, an üppigen Wiesen und Äckern, langten wir am Seegestade an.

Eine herrlich klare Atmosphäre, erfüllt vom goldigsten Sonnenglanz, breitete sich über die weite Wasserfläche, die in den prachtvollsten Farbentönen spielte, deren Widerschein zuweilen — oft nur auf Sekunden — die feuchten Luftschichten über den Fluten seltsam durchleuchtete.

Ein langer, breiter Brückensteg, auf dem unser Zug hielt, verbindet den Strand mit dem Badepalast, der mit seinen nach rechts und links in großem Halbkreis auslaufenden, schmalen Seitenflügeln weit in den See hinausgebaut ist.

Der riesige Mittelbau umfaßt große Konzert- und Tanzsäle mit anliegenden Restaurationslokalen, in den Seitentrakten sind die Kabinen untergebracht, viele Hunderte an der Zahl.

Das ganze Bauwerk, in geschmackvoller Holzarbeit aufgeführt, macht trotz seiner echt amerikanischen Dimensionen einen überaus anmutenden Eindruck.

Von den säulengetragenen Galerien, die den Bau an der Seeseite umziehen, von den zierlichen Pavillons, von den luftigen Türmen bietet sich eine wundervolle Aussicht: vor uns, unabsehbar, die schillernde Seefläche, an den östlichen Gestaden steigen die nackten Felsenabhänge des Wahsatch-Gebirges zu ihren schneebedeckten Gipfeln empor, fern im Süden hinter einem Wirrsal von sanften Hügeln, starrt die Bergkette Oquerrha in die Wolken.

Der Große Salzsee liegt 1286 Meter über dem Meer. Er ist 120 Kilometer lang und bis 60 Kilometer breit. In ihm liegen sieben Inseln. Von unserem Standpunkt aus ist nur eine, Black Rock, sichtbar, ein einzeln aus dem Wasser ragender, hoher, merkwürdig dunkler Felsen.

In den See ergießt sich außer einigen anderen Gewässern der Utah= oder Jordanfluß, der aus dem im Süden gelegenen süßen Utahsee kommt.

Man hat darum häufig das Thal der Heiligen mit Palästina verglichen. Der Salzsee ist das Tote Meer, der Utahsee ist der See Genezareth; beide verbindet, wie dort der biblische, hier der falsche Jordan.

Der Salzgehalt des Sees beträgt am Ufer 24, in der Mitte 16 Procent, weshalb Fische darin nicht leben können.*)

In Saltair giebt es keine Trennung der Geschlechter. Männlein und Weiblein baden gemeinsam. Die Badetoilette ist darum auch vorgeschrieben und besteht in einem vollständigen Anzug aus schwarzem Trikotstoff, der einem in den Kabinen verabfolgt wird. Wer sein Haupt gegen die Strahlen der Sonne schützen will, erhält außerdem einen breiten Strohhut.

Das Wasser hat eine außerordentliche Tragkraft. Man sinkt nicht über die Schultern ein, die Beine werden beständig nach oben gedrängt, man sitzt eigentlich auf dem Wasser mehr, als man schwimmt oder geht.

Das ist etwas Neues, Erheiterndes für den Schwimmer sowohl, wie für den Nichtschwimmer. Es

---

*) Salzgehalt im Ocean: $3^{1}/_{2}$ %.

macht einen „Heiden"=ſpaß — hier unter den Mormonen iſt das Wort beſonders zutreffend — in der elaſtiſchen, wunderbar durchſichtigen Flut ſich zu tummeln. Viel herumplätſchern darf man freilich nicht; denn man muß ſich wohl hüten, von dem beißenden Waſſer etwas in die Augen oder in den Mund zu bekommen, das ſchöne Vergnügen wäre einem auf der Stelle gründlich ver—=ſalzen!

Nach dem Bade, das ungemein erfriſcht, findet man ſich am ganzen Körper mit einer weißen Salz= ſchicht überzogen. Darum giebt es in jeder Kabine einen reichlichen Vorrat von Süßwaſſer zur Abwaſchung.

XIV

Zum Thal des „Großen Geistes".

Noch einmal über das Felsengebirge. — Im Silberstaat. —
Die Minenbezirke. — Über 11 000 Fuß hoch mit der Eisenbahn. —
Die höchste Stadt der Erde. — Die Königsschlucht des
Arkansas. — Manitou.

Am Abend, 7 Uhr, verließen wir „Neu=Jerusalem",
um mit der Rio Grande=Bahn unserem nächsten Reise=
ziel, Colorado=Springs, am Ostfuß des Felsengebirges,
entgegenzueilen. —

Die Türme des Mormonentempels, die Flach=
kuppel des Tabernakels entschwinden unseren Blicken.
Wir fahren am Jordan entlang und später am Utahsee
vorüber, den die zackigen Bergriesen der Oquerrah
umstarren.

Während der Nacht übersteigen wir bei Soldier
Summit (2275 m) die Paßhöhe des Wahsatch=Gebirges,
treten in den Staat Colorado ein, durchziehen die
Coloradowüste, und überklettern im Laufe des folgenden

Tages das Felsengebirge, das gewaltige Rückgrat des amerikanischen Kontinents. Einen Triumph der Eisenbahntechnik bedeutet dieser Schienenweg, der sich durch grauenhaft enge Bergschlünde hindurchzwängt und in erstaunlich kurzer Zeit zu enormer Höhe emporsteigt.

Die Bergfahrt beginnt im Thal des Rio Grande, eines Quellflusses des Rio Colorado. Das Thal wird weiter oben zur wildzerklüfteten Engschlucht. Auf der einen Seite der tosende Bergstrom, auf der anderen der unglaublich schmale Bahnsteig.

Gegen Mittag kommen wir durch die reichen Minenbezirke, die Colorado den Namen Silberstaat gegeben haben. An den steilen, felsigen Bergabhängen, zwischen denen sich unser Zug hindurchwindet, kleben an Felsvorsprüngen, hart am Abgrund, zahllose rohgezimmerte Baumstammhütten, Wohnstätten, die sich die Bergleute in unmittelbarer Nähe ihrer Stollen gebaut haben.

Immer höher und höher klimmen wir hinan, und endlich auf dem Rücken der Saguache-Berge durchdringen wir mittels des Hagermann-Passes und -Tunnels die kontinentale Wasserscheide. Wir befinden uns 3513 Meter hoch auf einem der höchsten Eisenbahnübergänge der Welt. Nicht höher erheben sich die höchsten, schneebedeckten Gipfel der Tiroler Alpen.

Die Luft hier oben ist dünn, das Atmen beschwerlich.

Eine halbe Stunde weiter erreichen wir Leadville, die „Stadt der Wolken", wie sie wegen ihrer hohen

Lage, — 3108 Meter über dem Meer — mit Recht genannt wird.

Es ist die höchstgelegene Stadt der Erde, weltberühmt wegen ihrer reichen Gold= und Silbergruben, deren Ausbeutung Tausenden von Menschen reichliche und sehr lohnende Beschäftigung gewährt. Ein ganz gewöhn= licher Minenarbeiter erhält in Leadville für achtstündige Arbeit einen Lohn von drei Dollars (ca. 13 Mark). Freilich können nur Leute, die über ganz kräftige und normale Lungen verfügen, ohne Gefahr für Gesundheit und Leben, in der hier oben vorhandenen dünnen Luft ihre Arbeitskraft verwerten.

Trotzdem wuchs die Bevölkerung von Leadville, das 1859 gegründet wurde, zeitweilig auf 30000 Seelen.

Der Ertrag, den Leadville und seine Umgebung jährlich an Gold und Silber liefert, beläuft sich auf dreizehn Millionen Dollars (ca. 60 Millionen Mark). —

Eilends gleiten wir nun bergabwärts.

Am Nachmittag dringen wir in den Großen Cañon des Arkansas, eine grandiose, acht Meilen lange Engschlucht, deren rötliche, himmelanstrebende Granit= wände für die Bahn und den tosenden Strom kaum Raum lassen.

Die schmale Thalsohle, die schroffen Wände, die steilen, zerklüfteten Abhänge, die Menge der merkwür= digsten Felsgebilde und ihre sonderbaren Gestalten, die riesigen, im Flußbett lagernden Steinmassen, dazu die vielen abgestorbenen, umgestürzten oder durch Blitzschlag verbrannten Baumstämme geben ein Bild der Erhaben=

heit, Starrheit und Wildheit, wie es nur in den Felsen=
gebirgen Colorados zu finden ist.

Und mitten durch diese schaurige Bergwildnis hin=
durch schlängelt und windet sich die Bahn.

An der engsten Stelle, der Royal George, der
Königsschlucht, hält der Zug einige Minuten.

Hier steigen die Wände bis zu achthundert Meter
hoch empor und drängen hüben und drüben so eng
aneinander, daß für den Schienenweg nicht anders
Raum geschaffen werden konnte, als indem man längs
des unten brausenden Stromes eine Brücke aufhing,
deren Tragzapfen in die glatten Wände der Schlucht
eingelassen sind.

Wir lassen die gewaltige Schlucht hinter uns und
treten nun in die große Ebene des Mississippigebietes,
die bis zum Atlantischen Ocean sanft absteigt.

Unsere Route führt indeß am Fuße des Felsen=
gebirges entlang noch einmal in gerader Richtung nach
Norden hin bis Colorado=Springs, wo wir mit Ein=
bruch der Dunkelheit anlangen.

Unverzüglich fahren wir mit einer Zweigbahn
weiter nach dem benachbarten Manitou, dem berühmten
Kurort Colorados, der 1940 Meter über dem Meer
in einem kleinen Thal zwischen den Ausläufern von
Pikes Peak gelegen, wegen seiner schönen Umgebung,
seines ausgezeichneten, hauptsächlich Brustkranken sehr
zuträglichen Klimas, und vor allem wegen seiner Eisen=
und Sodaquellen alljährlich von vielen Tausenden be=
sucht wird.

Oberhalb des Städtchens, an der Berglehne, liegt das Iron-Springs-Hotel, in dem wir einkehren.

Ehe wir zur Ruhe gehen, besuchen wir den nahen Iron-Springs-Pavillon, der eine der berühmtesten Heilquellen von Manitou beherbergt. Ein stark eisenhaltiges, klares, kaltes Wasser, das ganz vortrefflich schmeckt.

Lange bevor die Civilisation bis an den Fuß der Felsengebirge gedrungen, kannte und schätzte der rote Mann die heilkräftigen Quellen, die dem Schoße dieses gesegneten Thales entspringen. Manitou, „Großer Geist," nannte er sie, weil er sie für Gnadengeschenke seiner höchsten Gottheit hielt. Hierher in die reine, milde Luft dieser wundervollen Bergeinsamkeit brachte er seine Kranken und Verwundeten, daß sie Stärkung und Heilung fänden durch die vom Großen Geiste gespendeten Wunderwasser. —

XV.

Pikes Peak und der Göttergarten.

Die höchste Telegraphenstation der Welt. — Ein kuriofer
Landftrich.

Montag, 14. Auguft. Pikes Peak, nach dem erften
Erforscher des Felsengebirges benannt, ist einer der
höchsten Gipfel der Rocky Mountains.

Man besteigt ihn in aller Bequemlichkeit — mit
der Zahnradbahn.

Die Auffahrtstation befindet sich ganz nahe bei
dem Iron=Springs=Hotel. Wir haben es also ganz be=
sonders bequem.

Wenn man unter gewöhnlichen Verhältnissen einen
Berg besteigt, macht man sich auf die Beine, in unserem
Fall kann man sagen, wir machten uns auf die —
Zähne, als wir um 9 Uhr unsere Bergreise mit der
Zahnradbahn antraten.

Neben brausenden Sturzbächen, neben vielen me=
lodisch rauschenden Wasserfällen, die uns mit ihren
feuchten Nebeln umhüllen, zwischen Steilwänden, von
denen überragende Felsen wie Ruinen herniederschauen,
keucht unser Dampfroß steil bergan.

Auf halbem Wege, bei dem malerisch gelegenen
Halfway=Haus, darf es sich ein paar Minuten verschnaufen.

Dann weiter aufwärts durch eine romantische
Schlucht, das sogenannte Höllenthor, nach dem grünen
Ruxtonpark. Auf verhältnismäßig ebenem Grund dehnt
sich hier ein lichter Hain von prächtigen Fichten und
beweglichen Espen.

Der erste große Blick öffnet sich auf das majestä=
tische Haupt des Bergriesen.

Blütenreiche, duftende Alpenblumen umsäumen den
Weg. Weiter oben breiten sie sich in üppiger Fülle
zu ganzen Feldern aus. Es ist, als ob die Kraft der
Vegetation, schon nahe dem Erlöschen, in diesem märchen=
haften Blütenreichtum noch einmal in voller Frische
aufleuchtete!

Wir gelangen zur Waldgrenze, etwa dreitausend=
fünfhundert Meter über dem Meer!

Das Ansteigen der Waldgrenze bis zu solcher
Höhe gehört nicht bloß zu den Merkwürdigkeiten, sondern
auch zu den landschaftlich in hohem Grade wirkungs=
vollen Erscheinungen im Felsengebirge. Man findet
sich dadurch einigermaßen entschädigt für das Fehlen
der Gletscher und Firnmeere, die die entsprechenden
Höhen in unseren Hochgebirgen ausfüllen.

Nur ganz seichte Lagen körnigen Firnes ruhen in einigen schattigen, geschützten Einsenkungen. An den offen liegenden Bergflanken hat die Sonne im Verein mit der Trockenheit der Luft zu dieser Jahreszeit die Schneefelder fast gänzlich abgezehrt.

Wir erklimmen den letzten Hügel. Alle Vegetation ist verschwunden, dafür ein Chaos von rötlichem Granitgestein und Geröll. Es wird kalt. Die Wolken winden ihre leichten, beweglichen Schleier um das Berghaupt. Die immer dünner werdende Luft verursacht uns Atembeschwerden. —

Jetzt sind wir am Ziele. Das Dampfroß bleibt stehen, wie erschöpft von übermäßiger Anstrengung.

Zwei Stunden hat die Bergfahrt gedauert. Wir stehen auf einem ungeheuren Granittrümmerfeld, auf einer Höhe von 4310 Metern über dem Meer, höher als die „Jungfrau" und genau 500 Meter unter Montblanc-Höhe.

Hier befindet sich eine Wetterwarte, ein kleines Sommerwirtshaus und eine Telegraphenstation, die höchste der Welt, von der wir schnell einen Gruß nach der Heimat senden!

Der Blick von der Granitzinne des Pike-Peaks umfaßt ein Bild von grandioser Eigenart, das sich einem unvergeßlich in die Seele prägt.

Im Westen, Süden und Norden ein unabsehbares Wirrsal von Bergen, die dicht nebeneinander und hinter-

Sommerstorff. 14

einander sich auftürmen, im allgemeinen — mit Aus=
nahme einiger schneebedeckten Riesen wie des Spanish
Peaks (4150 Meter), des Long Peaks (4350 Meter) u. a. —
mehr breite, als hohe, mehr gewaltige, als schöne, mehr
einförmig hingestreckte, als mannigfaltig und kühn auf=
strebende Gestalten.

Im Osten aber — welch ein überraschender
Gegensatz zu diesen Gebirgsmassen! — die flache
Prairie, die sich endlos ausdehnt wie ein Meeresspiegel,
aus dem die Fußwälle des Felsengebirges wie Klippen=
gestade emportauchen. Die Täuschung ist wunderbar
und vollkommen bis zum fernsten Himmelsrand, der
mit scharfer Linie abschneidet wie ein Meereshorizont.

In diesem endlosen Ausblick in die Steppe liegt
nach meinem Empfinden das überwältigend Großartige,
Einzige der Pike=Peak=Aussicht, die, was den Hoch=
gebirgsblick allein betrifft, von unseren viel formen=
und farbenreicheren Alpenansichten an Schönheit wohl
übertroffen werden mag.

Der Wert großer Naturscenen liegt übrigens nicht
bloß in ihrer äußeren Erscheinung, ihren Linien,
Formen und Farben, sondern auch in den Gefühlen
und Gedanken, die sie in uns hervorrufen.

Das Panorama von Pike=Peak hat in mir eine
ganze Welt von Reflexionen aufgeregt, und dadurch
wurde der Eindruck, den es an und für sich schon auf
mich · machte, noch bedeutend vertieft. Es war das
Idealland meiner Knabenjahre, das sich hier in Wirk=
lichkeit zu meinen Füßen ausbreitete.

Das waren die Schauplätze der gierig verschlungenen Indianer-, Jäger- und Goldgräbergeschichten: die geheimnisvollen Felsengebirge mit ihren Schlupfwinkeln, Engpässen und Jagdgründen, mit ihren unermeßlichen Schätzen an Gold und Silber, das war die große, weite Prairie, der Tummelplatz unserer Knabenphantasieen, das Ziel unserer Sehnsucht nach Freiheit, Abenteuer und Gefahr —, wohin wir so oft heimlich durchbrennen wollten, wenn uns die Schulstube zu eng, das Dasein in dem für unseren Geschmack viel zu civilisierten Europa schier unerträglich wurde. — — —

Um den Fernblick auch von dem anderen Ende der Bergkuppe zu genießen, verließ ich meinen ersten Standpunkt und eilte in kleinen Sprüngen von Block zu Block über das Granittrümmerfeld.

Aber man darf in einer so erhabenen Region auch nicht die kleinsten Sprünge machen, sonst geht einem der Atem aus. Ich mußte mich mehrmals, meist schon nach wenigen Schritten, hinsetzen und eine Zeitlang völlig ruhig verhalten, um ein unsagbares Gefühl der Mattigkeit und nahenden Schwindels loszuwerden.

Bei ein paar kleinen Kindern, die unbegreiflicherweise von ihren Eltern auf diese Höhe mitgeschleppt worden waren, trat die „Bergkrankheit" natürlich viel stärker auf; sie bekamen wiederholt Schwindelanfälle, Ohnmachten und jämmerliches Nasenbluten.

Nach etwa halbstündigem Aufenthalt fuhren wir wieder bergabwärts, und atmeten im wahrsten Sinn des

Wortes erleichtert auf, als wir wieder in luftreichere Regionen kamen.

Die ganze Tour auf den Bergriesen, der die höchsten Gipfel der Berner Alpen überragt, hatte vier Stunden gedauert, Aufstieg, Aufenthalt auf der Spitze, Abstieg, alles mit einbegriffen. Das war echt amerikanisch! —

*　　　　*　　　　*

Nachmittags verließen wir in einem bequemen, viersitzigen Wagen Iron-Springs, um über den „Göttergarten", die Hauptsehenswürdigkeit in der Umgegend Manitous, nach Colorado-Springs zurückzukehren, von wo wir am Abend weiterreisen wollten.

Der „Göttergarten", Garden of the Gods, den wir nach kurzer Fahrt erreichten, ist der sonderbarste, wunderlichste Landstrich, den wir auf unserer ganzen Reise kennen lernten. Er umfaßt ein ziemlich beträchtliches Gebiet, das von Tausenden von riesigen Steingebilden übersät ist, die durch ihre abenteuerlichen, grotesken Formen, durch ihre grelle ziegelrote Farbe, die mit dem Grün der Umgebung aufs merkwürdigste kontrastiert, verblüffend, geradezu unglaubhaft wirken.

Die nagende, wühlende Thätigkeit des Wassers hat vor Urzeiten diese Formationen aus den Schichtungen des roten Sandsteins herausgemeißelt. So sagen die Gelehrten.

Ich meinerseits aber konnte mich von der Ein-
bildung nicht losmachen, als wären all diese absonder-
lichen Gebilde nichts anderes, als die Werke verrückt
gewordener — oder vielleicht einer zu ihren Lebzeiten
sehr „modernen" Kunstrichtung angehörender — Bildhauer eines urzeitlichen Riesengeschlechtes. —

Da stehen hochragende Türme, Burgen, Kathe-
dralen, Bildsäulen von übermenschlicher Größe, Pilze
mit riesenhaften Hauben, mächtige Steinmassen, die in
ihren Konturen alle möglichen Tiere in manchmal
wirklich verblüffender Täuschung darstellen: einen her-
kulischen Löwen, der sich zum Sprunge duckt, zwei ungeheure Kameele, die sich mit den Schnauzen berühren,
einen Bären, einen Seehund, eine Riesenente, den Kopf
eines Elephanten, eines Büffels, eines Hirsches mit
zurückgelegtem Geweih und erhobenen Nüstern — und
da, hoch oben auf der Kante einer kolossalen Sandstein-
mauer, ein Stellwagen mit dem Kutscher auf dem Bock
und vier vorgespannten Pferden! Mehr kann man nicht
verlangen.

Wohin das Auge blickt, fratzenhafte Götzenbilder
in Tier- und Menschengestalt, zu denen die Indianer
einst wallfahrteten, da sie sie für steinerne Verkörperungen
ihrer Götter hielten.

Eine der seltsamsten Erscheinungen ist der Balanced
Rock, ein breiter, haushoher Fels, der sich nach unten
verjüngt und, obgleich er nur mit ganz schmaler Basis
im Erdreich fußt, sich dennoch in wunderbarem Gleichgewicht schwebend erhält.

Durch „Gateway", den Thorweg des Göttergartens, der von zwei gewaltigen, hundert Meter hohen, hellroten Felsmassen gebildet wird, die so dicht zusammenstehen, daß für die Straße nur ein knapper Raum bleibt, fuhren wir nach dem nahen Glen Eyrie, einer parkumschatteten Privatbesitzung, deren Besichtigung gestattet ist.

Mitten in den reizenden Anlagen erheben sich bald da, bald dort die wunderlichsten roten Steingebilde, wie der Major Domo, eine schlanke Säule von riesiger Höhe, und viele andere kuriose Gestalten, die sich von dem Dunkelgrün ihrer Umgebung ganz wundersam abheben.

Um in die Ebene von Colorado-Springs zu gelangen, mußten wir einen Hügel überschreiten, der uns einen prächtigen Überblick über den phantastischen Bezirk der Götter gestattete.

Von hier aus konnten wir auch zum erstenmal die im Hintergrund aufsteigende Berggruppe des Pike-Peaks in ihrer Gesamtheit überschauen. Ihre Formen sind von einer großartigen Schönheit, die man edel nennen kann, so gehalten, so maßvoll ist bei aller Kühnheit ihr Aufstreben. Ein rötlicher Felston, den die mattweißen Linien und Flecken der Schneefelder durchziehen, und den das weiche Dunkelgrün des Waldes überall einfaßt, erfüllt diese Formen mit einer zarten, duftigen Farbe.

Um fünf Uhr langten wir in Colorado-Springs an und fuhren durch die breiten, von großen Bäumen

beschatteten Straßen dieses herrlich gelegenen, vielbe=
suchten Kurortes nach dem Bahnhof.

Über Pike=Peaks hatte sich inzwischen ein Ge=
witter zusammengezogen, das bald, nachdem wir unter
Dach waren, unter heftigen Regenschauern losbrach.
Das Schauspiel hatte neben seiner imposanten Schönheit
auch noch den Reiz der Neuheit für uns, denn es war
das erste Gewitter, der erste Regen, den wir seit
fünf Wochen, seit unserer Abreise von New=York,
erlebten.

Mr. R., unser liebenswürdiger Reisegefährte seit
dem Yosemite=Thal, fuhr vor uns ab, er bediente sich
der Denver=Route. Zu unserer großen Freude trafen
wir acht Tage später auf der „Lahn" wieder mit ihm
zusammen.

XVI.

Abſchied.

Wir hatten die Rock Island-Route gewählt und verließen Colorado-Springs um 8 Uhr.

Das Regenwetter begleitete uns in unverminderter Stärke die ganze Nacht hindurch und den darauffolgenden Tag bis zum Abend.

Während der Nacht kamen wir durch den nordwestlichen Teil von Kansas und am Morgen des 15. Auguſt traten wir in den Staat Nebraska, immer durch ſchön bebautes Prairieland fahrend, an unabſehbaren Maisfeldern vorüber.

Gegen Abend erreichten wir Omaha, die bedeutendſte Stadt von Nebraska, die, 1854 gegründet, jetzt eine Einwohnerzahl von 150000 Seelen hat.

Gleich darauf kam der Missouri in Sicht. Er windet sich ziemlich träge zwischen baumarmen Ufern dahin. Nichts eintönigeres als diese Landschaft. Wasser und Land tragen dieselbe Farbe, die des Morastes.

Wir überschritten den Strom auf einer großen Eisenbahnbrücke und passierten Council Bluffs, eine gewerbreiche Stadt von 21 000 Einwohnern, die ihre Blüte wesentlich ihrer nahen Verbindung mit Omaha verdankt. Hier auf den Hügeln am Missouri fanden einst die Zusammenkünfte der indianischen Häuptlinge mit den Agenten der Regierung statt. Daher der Name.

Während der Nacht durchmaßen wir die Prairieen des Staates Jowa, des „Habichtsaugenstaates", und überschritten bei Davenport den Mississippi.

Am frühen Morgen des 16. August kamen wir nach 37 stündiger Fahrt in Chicago an und zwar, was meine Person betrifft, nicht sehr wohlbehalten, denn ich hatte mir eine Erkältung zugezogen, die mich den ganzen Tag in ziemlich elendem Zustand an mein Zimmer im Hotel Bismarck fesselte. Dieses Hotel war uns während unseres ersten Aufenthaltes in Chicago von einem deutschen Landsmann empfohlen worden. Wir wollen es aber nicht weiter empfehlen.

Um es zu erreichen, hatten wir vom Bahnhof aus über eine Stunde mit der Pferde- und Kabelbahn zu fahren, wobei wir mehreremale umsteigen mußten, was keine Kleinigkeit war, da jeder von uns drei bis vier schwere Handgepäckstücke zu tragen hatte.

Für mich war das bei meinem Unwohlsein doppelt
martervoll.

Das Hotel befand sich in der Nähe des Aus=
stellungsplatzes und machte in seiner ganzen Einrichtung
einen höchst ungemütlichen, so zu sagen provisorischen
Eindruck. Es war anscheinend in aller Eile aufgebaut
und knapp zur Eröffnung der Weltausstellung fertig
geworden. Notdürftig, beschränkt, keine Spur von
Komfort, vierten Ranges.

Als wir die engen Holztreppen hinaufstiegen und
die schmalen Korridore entlang gingen, drängte sich
uns unwillkürlich der Gedanke auf: wenn da eines der
in Chicago so sehr beliebten Feuer ausbricht, dann
gnade uns Gott!

Ich brachte, wie schon erwähnt, den ganzen Tag
bis zum Abend auf meinem Bette zu. An Ruhe war
freilich nicht zu denken. Ein betäubender Lärm drang
von der Straße herauf, die dicht am Hause vorüber=
sausende Hochbahn machte fast unablässig die Fenster
erklirren, und erschütterte das ganze Gebäude in seinen
Grundfesten. Mein Bett zitterte wie Espenlaub.

Wenn ich diese hölzerne Hotelbude, die mit himmel=
schreiendem Unrecht den Namen des eisernen Kanzlers
trug, in Gedanken mit dem „Auditorium“ verglich, dem
massiven, unerschütterlichen Hotelpalast, in dem wir vor
fünf Wochen gewohnt, bekam ich förmlich Seelenkrämpfe.

Ich darf übrigens nicht ungerecht sein. Einen
Vorzug hatte mein Zimmer im Hotel Bismarck doch.
Wenn man nämlich durchs Fenster blickte, sah man,

auch vom Bett aus, „Ferry Wheel", das Riesenrad
der Weltausstellung. Es zeichnete sich wie ein unge=
heures Spinngewebe vom Himmel ab. Das war doch
immerhin etwas!

Donnerstag, 17. August. Mein Befinden hat sich
merklich gebessert. Gegen Mittag fahren wir per Hoch=
bahn in wenigen Minuten nach der Ausstellung.

Unser erster Besuch gilt der Maschinenhalle. Ein
Palast von kolossalen Dimensionen, dabei architektonisch
schön, wie alle in der Grand Avenue liegenden Bau=
werke. Ein Säulengang umgiebt ihn, an den Ecken
befinden sich Kuppeln, der Mittelbau ist von zwei
Türmen gekrönt. Zwischen den Türmen und an den
Ecken angebrachte allegorische Figuren stellen die in dem
Gebäude vertretenen Gewerbe dar. Der Innenraum
zerfällt in drei durch machtvolle Bogen bahnhofartig
überdachte Hallen. An jeder der vier Seiten befindet
sich eine fünfzig Fuß hohe Galerie. In den einzelnen
Hallen sind verschiebbare Krahne angebracht, die zur
Beförderung der Besucher dienen.

Von dem, was sich in dem Riesenraume alles
„thut", will ich lieber schweigen. Ich verstehe ja doch
nichts davon.

Maschinen, nichts als Maschinen! Und alle in
Bewegung. Von der verhältnismäßig kleinen von ein=
hundert Pferdekraft bis zur ungeheuren Maschine von
tausend Pferdekräften.

„Mir wird von alle dem so dumm,
   Als ging' mir ein Mühlrad im Kopf herum,"

hätte ich angesichts all dieser wirbelnden, kreisenden, stampfenden Wunderwerke des menschlichen Erfindungsgeistes mit dem Schüler im „Fauſt" ſagen können!

Mit der „Intramurosbahn", auf der man wie von einer Galerie herab die „Stadt der Paläſte" mit ihrem großartigen Leben und Treiben überblicken konnte, eilen wir nach dem Palaſt der Künſte.

Die blaue Kuppel des im joniſchen Stile aufgeführten Gebäudes iſt mit Gruppen von Statuen, Nachahmungen klaſſiſcher Meiſterwerke, umgeben.

Wir erſteigen eine der vier breiten Treppen, die zu den mit Skulpturen geſchmückten Portalen führen, und treten in die Vorhalle. Die Wände ringsum ſind mit Malereien geſchmückt, welche die Geſchichte der Kunſt darſtellen.

Wir durchwandern die Hallen, Säle und Galerieen, in denen alle Nationen der Erde mit ihren Kunſtleiſtungen in Malerei, Bildhauerei und Architektur vertreten ſind, und entdecken mit großer Genugthuung viele Meiſterwerke, die wir ſchon in deutſchen Ausſtellungen bewundert haben.

Die Portale an den Enden der Mittelhöfe öffnen ſich in reich geſchmückte Loggien, die einen herrlichen Ausblick auf den weiten, blauen Michigan=See gewähren. —

Zum Schluß beſuchen wir noch einmal die Kosmopolitiſche Avenue der „Midway Plaiſance" mit ihren farbenprächtigen Sonnendächern, den maleriſchen Kiosks, den Burgen, Tempeln, Poſadas, den buntfarbigen

Theatern und Schaubuden, den exotischen Dörfern und Straßen.

Der Abend ist angebrochen und wir müssen scheiden.

Wir kehren nach dem Hotel zurück. Von dort bringt uns die Hochbahn nach der Dearbornstation, und mit dem um 8 Uhr abgehenden Zug der Grand=Trunk=Bahn verlassen wir die Weltausstellungsstadt.

*   *   *

Auf derselben Route, wie seinerzeit auf der Her=reise — diesmal aber im bequemen Schlafwagen — kehrten wir nun über Niagara=Falls, wo wir von der Eisenbahnhängebrücke aus noch einen letzten Blick und Gruß zu den donnernden Wassern hinübersenden konnten, nach New=York zurück.

Am Sonnabend den 19. August, 9 Uhr vormittags, langten wir wohlbehalten wieder im Belvederehotel an. Wir hatten somit in neununddreißig Tagen unsere Rund=reise innerhalb der Neuen Welt vollendet und 13377 Kilometer zurückgelegt, eine Strecke, die dem dritten Teil des Erdumfangs gleichkommt. —

*   *   *

Nun lagst du hinter uns, gewaltiger Kontinent, von dem Friederike Kempner, die schlesische Nachtigall, so unnachahmlich singt:

„Amerika, du Land der Träume,
Du Wunderwelt, so lang und breit,
Wie schön sind deine Kokosbäume
Und deine rege Einsamkeit!"

Unsere Sehnsucht ist gestillt! Unvergeßliche Genüsse
schenktest du uns, Amerika, durch die Größe, Schönheit
und Eigenart deiner Natur. Du hast uns in nichts
enttäuscht, ja du hast unsere kühnsten Erwartungen
weit übertroffen, als du uns in der „regen Einsamkeit"
deiner Felsengebirge, im Quellgebiet des Yellowstone
Wunder enthülltest, die nicht ihresgleichen haben auf
dem weiten Erdball. — Die „schönen Kokosbäume"
freilich bist du uns schuldig geblieben, aber hast du uns
dafür nicht vollauf entschädigt durch die fabelhaften
Mammutbäume deiner kalifornischen Wälder?!

Und so verlassen wir dich dankerfüllten Herzens,
unvergänglicher Eindrücke voll. —

XVII.

Heimkehr.

Tagebuch auf dem Schiff. — Daheim.

Wieder ist es die „Lahn" des Norddeutschen Lloyd, die uns über den Ocean tragen soll. Mit fieberhafter Sehnsucht schlagen unsere Herzen der Heimat entgegen.

Am Montag, den 21. August, um Mitternacht, gehen wir an Bord und legen uns zu Bett. Während der ganzen Nacht macht das Einwerfen der Kohlen, das Bergen der Ladung einen Höllenlärm. Aber man gewöhnt sich an alles. Schließlich schlafen wir bei dem regelmäßig andauernden Spektakel doch ein.

Dienstag, 22. August. Gegen fünf Uhr früh setzt sich das Schiff in Bewegung. Halberwacht, schlaftrunkenen Auges, sehe ich von meinem Bett aus durch das Rundfenster die Holzwände des Docks vorüberschwinden.

Im Halbschlaf ist man lebhafter Gefühlsregungen nicht fähig. „Adieu Amerika!" murmelnd, drehe ich mich um und schlafe weiter. —

Um 10 Uhr auf Deck. Wir sind bereits auf hoher See. Ein kleines Segelboot erbittet sich durch Signal Zeitungen von uns. Ein Matrose der Lahn bindet mehrere Exemplare auf ein Brett und wirft sie ins Meer. Zwei Leute des Segelbootes kommen in einem kleinen Kahn herangeschaukelt und fischen die Lektüre aus dem Wasser.

Ich nehme meine spärlichen Mahlzeiten auf Deck ein, da ich mich doch nicht seefest genug fühle, um die langen Mahlzeiten unten im Speisesaal auszuhalten. Der merk= würdige Geruch des Schiffes, dieses Gemisch von Küche, Fett, Rauch, Teer, Schmiere und sonstigen Dünsten, benimmt mir vollständig den Appetit. Freund Kranz beherrscht wieder die Situation durch unbesiegbare Eßlust. Er imponiert mir.

Abends aber im Rauchzimmer beim Bier imponiere ich ihm, indem ich mir eine Cigarre nach der andern anstecke. Das kann er wieder nicht.

Mittwoch, 23. August. Das Wetter ist trüb. Bleibe tagsüber im Bett, und befinde mich sehr wohl dabei. Der Steward bringt mir aus der Schiffsbibliothek Bücher. Paul Heyses Novellen. Am Abend stehe ich auf und gehe auf Deck. Das Wetter hat sich auf= gehellt. Es ist eine herrliche Mondnacht. Das Schiff streicht wie durch flüssiges Silber. Wir liegen behaglich in unseren Oceanstühlen. Der Schiffsarzt erzählt viel Interessantes von seinen Reisen in den Tropen. Erst nach Mitternacht steigen wir in die Unterwelt hinab.

Donnerstag, 24. August. Alles wieder Grau in Grau, Himmel und Meer. Schier trübsinnig wird man in dieser unendlichen Farblosigkeit.

Vor Tisch ist gewöhnlich „Scheibenschieben" auf Deck. Ein unterhaltendes Spiel. Kleine Holzscheiben werden nach einem am Boden bezeichneten Ziel ge= schoben. Heute bei dem ungemütlich naßkalten Wetter macht auch das keinen Spaß.

Da fällt mir Heyse ein, mein herrlicher Paul Heyse! Ich ziehe mich in meine Kabine zurück, mache mir's recht behaglich, verhänge die Luke, damit der trostlose Tag nicht herein kann, drehe das elektrische Licht auf und versenke mich in die klare, warme, seelen= volle Welt meines Dichters. Genußreiche Stunden bis in die späte Nacht hinein!

Gepriesen sei die Schiffsbibliothek und der gute Geschmack des Norddeutschen Lloyd!

Freitag, 25. August. Starker Nebel. — Das Nebelhorn erdröhnt jede halbe Minute, mark= und bein= durchdringend. Das fürchterliche Getöse dauert den ganzen Tag über fort.

Während ich den Kopf in die Kissen meines Bettes vergrabe, wodurch der Greuelton zwar gedämpft, aber dafür noch viel unheimlicher an mein Ohr klingt, werfe ich allen Ernstes die Frage auf, ob's in Anbetracht dieser Nervenfolter nicht besser gewesen wäre, wenn Kolumbus Amerika überhaupt nicht entdeckt hätte! Dann wäre ich nie in die Lage gekommen, ein Tonungeheuer

Sommerstorff. 15

erdulden zu müssen, das „Stein erweichen, Menschen
rasend machen kann" . . . .

Aber der Mensch kann alles. Auch beim Nebelhorn schläft er schließlich ein. Doch was in dem Schlaf
für Träume kommen! . . . . — Auf der Reise durch
Amerika hatten wir einmal eine Menagerie in unserem
Zug, mehrere Waggons mit Raubtieren.

Aus dieser Erinnerung nun wob meine erregte
Phantasie folgenden anmutigen Traum: Station so und
so. Wir steigen aus, um uns ein wenig Bewegung
zu machen. Da ertönt der Ruf: „all aboard!" Ein-
steigen! Ich springe in den Zug, die Waggonthüre fällt
hinter mir zu, der Zug fährt ab. Nun erst gewahre
ich — zu meinem maßlosen Entsetzen —, daß ich, statt
in den Salonwagen, in den Raubtierwaggon einge-
stiegen bin und zwar mitten unter die Löwen! Ich sehe
mich von allen Seiten umringt, einer nach dem andern
kommt auf mich zu, beschnuppert mich, und betrachtet
mich von oben bis unten, wie ein Gourmand, der seine
Menükarte studiert. Dabei lassen sie in kurzen Zwischenräumen ein dumpfes Brüllen vernehmen. Die entsetz-
liche Gewißheit, im nächsten Moment aufgefressen zu
werden, lähmt mir jedes Glied. — Da ergriff ich das
einzige Mittel, das mich noch retten konnte und —
wachte auf! — Das „dumpfe Gebrüll" dauert zwar
noch fort, aber Gott sei Dank, es ist ja nur das Nebelhorn, das brave, biedere, das seinen Warnruf unermüd-
lich tönen läßt zu unserer Sicherheit. Förmlich sym-

pathisch wurde mir nun auf einmal das vielgeschmähte Instrument. So ändern sich unsere Gefühle. —

Sonnabend, 26. August. Immer noch dröhnt das Nebelhorn. Wir bleiben in unserer Koje, lesend, plaudernd.

Morgen Abend soll im Salon Erster Kajüte ein Konzert zum Besten der Seemannskasse statt=finden. Herr Kranz malt einen Cyklus von Scherz=bildern, die Freuden und Leiden einer Oceanfahrt darstellend.

Er ersucht mich, den humoristischen Begleittext zu „dichten“. Ich dürfe weder Talentlosigkeit, noch Müdigkeit vorschützen — der guten Sache wegen! Da half kein Widerstreben. Ich mußte — wie Herr Wippchen sagen würde — in den sauren Pegasus beißen . . . . .

Sonntag, 27. August. Die See geht ziemlich hoch. Die Wellen prallen tosend ans Kabinenfenster. Zuweilen klingt es wie Geheul hungriger Wölfe. So oft die Wogen über die Luke heraufschäumen, verfinstert sich die Kabine. Ich liege im Bett wie in einer Schaukel und „dichte“ den geforderten Bildertext. Unter so schwankenden Verhältnissen kein leichtes Stück Arbeit! Das Papier geberdet sich wie eine verfolgte Unschuld, indem es den Zudringlichkeiten meines Bleistifts — einmal nach rechts, einmal nach links — auszuweichen sucht. Aber wir lassen uns nicht einschüchtern, mein Bleistift und ich. — Drauf und dran! heißt die Losung. Frisch gereimt, ist halb gedichtet!

Acht Tage auf dem Oceankahn „Lahn".

In Hoboken, beim Gastwirt Meyer —
Ein edler Mann! Gepriesen sei er! —
Vereint man sich in letzter Stunde
Zur fröhlichfeuchten Tafelrunde.
Gilt es doch Abschied nun zu nehmen
Vom trocknen Land für lange Zeit!
Es fließt das Bier, der Wein in Strömen:
Ade, du Festlands Trockenheit!

Nun sei dem „Flüssigen" gefröhnt!
Damit man sich vernünft'ger Weise
Schon vor Beginn der Wasserreise
Ans feuchte Element gewöhnt!

Die Zeit verrinnt. 'S ist Mitternacht.
Man geht an Bord, und mit Bedacht,
Um möglichst wenig Lärm zu machen,
Damit die Schläfer nicht erwachen,
Schleicht man nach seiner Koje sacht,
Und steigt hinauf zum Oberbette —
Froh wär' man, wenn man's unt're hätte

Die erste Nacht im stillen Hafen,
Läßt sich noch ziemlich ruhig schlafen. —
Am andern Morgen, so um fünfe,
Macht sich der Dampfer auf die Strümpfe.

Und munter in den Ocean
Sticht unser Kahn, die gute „Lahn". —
Wenn dann der Mensch dem Bett entsteigt,
Fühlt er sich allem „zugeneigt",
Und dank der Thätigkeit der Wogen
Zu allem mächtig „hingezogen".

Doch das geniert ihn nicht, und keck
Eilt er aufs Promenadendeck.
Da sieht er schon wie kranke Fliegen
Auf ihren Stühlen ein'ge liegen.

Damit die Armen recht begreifen,
Wie unverschämt gesund er sei,
Beginnt er ziemlich laut zu pfeifen,
Und geht besonders stramm vorbei. —
Doch Schadenfreude, Übermut
Thun niemals auf die Dauer gut.
Neptun liebt keine Flausen,
Er läßt den Dreizack sausen! . . .
Da wird es auch dem Kecksten bang . . .
Es dauert denn auch gar nicht lang,
Sieht man ihn jäh erbleichen
Und schnell beiseite weichen! . . .

Doch wieder kommen bess're Tage.
Es weicht der Schmerz, es schweigt die Plage
Im grausam aufgewühlten Innern.
Und selbst der allerkränkste Mensch
Erscheint, wenn auch noch nicht zum „dinnern",
Doch sicher wenigstens zum lunch.
Und nun erwacht ein munt'res Treiben:
Die einen spielen fröhlich Skat,
Die andern aber lassen's bleiben,
Weil sich kein Dritter finden that;
Und wieder and're schieben Scheiben
Und einer nimmt sogar ein Bad!

Auch ein Roman wird gern gelesen,
Besonders, wenn er spannend ist.
Doch giebt es auch zuweilen Wesen,

Die, was im Buch sich reizend liest,
Am liebsten an sich selbst erleben.
Zu diesem Zwecke ward gegeben
Vom Lloyd mit echt „lloydsel'gem" Sinn
Die stille „Laube von Jasmin".*)

Doch ach! Der schönsten Herzenswonne
Strahlt selten ungetrübt die Sonne.
Neptun verhüllt in Nebel sie. —
Und mit der Schärfe eines Säbels
Zerschneidet jede Harmonie
Das fürchterliche Horn des Nebels!
Indem es greulich tutet, tötet
Es jede Konversation. —
So lang das Nebelhorn trompetet
Herrscht auf dem Deck kein — guter Ton!
Es fleucht die Frau, es weicht der Mann,
Und niemand auf dem Schiffe kann
Mit auch nur einigem Behagen
Das schreckliche Geräusch vertragen . . .

Das sind die bittern Tropfen, welche
Neptun dem sonst so süßen Kelche
Der schönen Meerfahrt zugesetzt. —
Doch weiß er uns mit vielem Schönen,
Wodurch er unsern Sinn ergötzt,
Bald wieder freundlich zu versöhnen:
Nach allem, was wir ihm gegeben
An Gaben schmerzlichen Tributs,
Ist es sein einziges Bestreben
Uns zu entschäd'gen — und er thut's!

―――――――

*) So nannte man auf der „Lahn" eine trauliche, segeltuchüberspannte
Plauderecke auf dem Hinterteil des Schiffes.

Er thut's und zeigt uns dies und das,
Ihm macht es Spaß und uns macht's Spaß.
Er zeigt uns, wie das Meer, das feuchte,
Des Nachts zuweilen herrlich leuchte,
Er läßt Delphine — 's ist zum Lachen! —
Die allertollsten Sprünge machen.

Er zeigt uns — welche Augenweide! —
Mit seiner Walin einen Wal . . .
Es schien uns fast, als stritten beide —
Auf off'ner See! Welch ein Skandal!
Sie gab den Anlaß ohne Zweifel!
Er that uns leid, der arme Teufel,
Ja, wer „die Wal" hat, hat die Qual!! . . .

Indessen, rastlos, Tag und Nacht,
Eilt uns're Lahn durchs weite Meer.
Mit jedem Knoten — und sie macht
Vierhundert täglich ungefähr! —
Knüpft sie mit unsichtbarem Band
Uns näher an das Heimatland.
Und winkt uns das ersehnte Ziel,
Der heimatliche Hafen, gar,
Dann schwillt das Herz in Dankgefühl
Für ihn, der unser Führer war,
Der uns mit festbewährter Hand
Hinführt zum heimatlichen Strand.
Der Kapitän, der Seefahrt Meister,
Der allverehrte, Hellmers heißt er,
Hoch soll er leben, dreimal hoch
Und seine Offiziere o-o-och!!

Ich hätte übrigens nicht nötig gehabt, meinen
Pegasus so abzuhetzen. Denn eben, da ich die letzten

Zeilen niederschreibe, erfahre ich, daß die Soiree des schlechten Wetters wegen auf morgen verschoben ist.

Montag, 28. August. Endlich wieder klares Wetter! Allgemeine Auferstehung! Luft! Licht! Alles vollzählig wieder auf Deck. Die „Auferstandenen" genießen stillvergnügt die wiedererlangte, erquickende Freiheit. Die Kraftmenschen, die immer auf Deck aus= gehalten haben, bei Nebel und Wind, machen mit einer gewissen Siegermiene ihre gewohnten Eilmärsche rund um das Deck. Hie und da halten sie einen Moment inne, um einen ihrer schwächeren Mitmenschen durch eine kurze Ansprache auszuzeichnen: „Na, wie geht's? Wieder auf'm Damm? Sehen noch etwas blaß aus! Ja, die Kabinenluft; man muß sich nur nicht gleich unterkriegen lassen! Immer auf Deck bleiben, bei Wind und Wetter, das ist das einzig Richtige!"

Der schwächere Mitmensch fühlt sich tief beschämt und förmlich schuldbewußt. Er will einige Gründe zu seiner Entlastung anführen, aber der Gesundheitsprotz läßt ihn nicht zu Worte kommen, klopft ihm mit dem Recht des Stärkeren wohlwollend auf die Schultern: „Na gute Besserung! Es wird schon wieder werden!," und eilt von dannen. —

Am Abend, 9 Uhr, versammelt sich alles im Salon Erster Kajüte zum Konzert. Ein merkwürdiger Konzertsaal! Sechsunddreißig Meilen lang! Soviel ungefähr legen wir zwischen der ersten und letzten Nummer zurück. —

Mein Text fiel ins Wasser. Unter dem Schutz meiner Anonymität hatte ich Mut genug, der Katastrophe beizuwohnen. Freund Kranz ist ein ausgezeichneter Maler! Seine Vortragskunst aber reichte nicht aus, meinen Versen auf die Beine, oder vielmehr auf die „Füße" zu helfen. Er versprach sich mit einer Konsequenz, die einer besseren Sache würdig gewesen wäre. —

Nach dem Konzert, im Rauchzimmer. — Vom Nebentisch her vernehme ich folgende ermutigende Kritik: „Die Bilder waren ja reizend! Aber der Text — recht mäßig! Wer hat ihn denn verbrochen?" . . .

Ich wahrte mein Inkognito! . . .

Dienstag, 29. August. Herrlicher Sonnenschein! Wolkenloser Himmel. Gegen Mittag wird fern im Osten Land sichtbar. Europa! Die englische Küste! Zahlreiche Segelschiffe, Fischerboote. Die Möven erscheinen, sie schwingen sich hoch über dem Schiff durch die Lüfte oder schießen mit ausgebreiteten Flügeln über die schäumenden Wellenkämme . . .

Um 7 Uhr passieren wir die Needles. In Southampton 40 Minuten Aufenthalt. Depeschengruß aus der Heimat. Alles stürzt sich auf die neuesten Zeitungen. Besonders die politischen Nachrichten werden mit Heißhunger verschlungen. Auf jeder Seereise wird nämlich von einigen scharfen Politikern irgend ein Krieg ausgeheckt, der nur die Ankunft des betreffenden Dampfers abwartet, um sofort auszubrechen.

Unsere Lahn=Politiker hatten Frankreich und Italien in eine ernstliche Fehde verwickelt. Glücklicher=

weise hatten die beteiligten Mächte keine Ahnung davon, und so blieb der europäische Friede ungestört.

Mittwoch, 30. August. Ein Passagier wird vermißt. Ein Herr aus der Ersten Kajüte, der uns von Anfang an durch sein stilles, gedrücktes Wesen aufgefallen. Er könnte gestern in Southampton ausgestiegen sein. Aber sein Gepäck ist noch an Bord, seine Handtaschen liegen in der Kabine. Er ist spurlos verschwunden.

Man nimmt an, daß er über Bord gegangen, ein Lebensüberdrüssiger. — Es ist ja so furchtbar einfach, denn rings um das schwimmende Haus lauert der leibhaftige Tod mit offenen Armen. Ein Sprung vom Deck in dunkler Nacht — niemand sieht, niemand hört es — und aller Drang des Irdischen ist abgeschüttelt. Und dennoch, welch ein Übermaß von Elend und Bedrängnis gehört zu solch einem Sprung! Wir können uns in unserer glücktrunkenen Heimkehrstimmung eine so gänzliche Verarmung an Lebensmut gar nicht vorstellen. —

Den ganzen Tag über fällt ein lauer Regen in Strömen.

Um 9 Uhr abends fahren wir am Rotesand-Leuchtturm vorüber in die Weser. Am zweiten Leuchtturm werfen wir Anker und bleiben liegen bis zum Morgen.

Nach Sonnenaufgang — Donnerstag den 31. August — dampfen wir weiter und langen gegen 6 Uhr in Nordenham an. Wir sind am Ziel. Drüben am anderen Ufer liegt Bremerhaven, von wo wir aus=

gefahren. Immer unterwegs, haben wir über zwei Monate gebraucht, um von einem Ufer der Weser zum andern zu gelangen.

Wir haben einen kleinen Umweg von 27 000 Kilometern gemacht! Aber wir bereuen es nicht! —

Unbeschreiblich glücklich, die geliebte deutsche Erde wieder — mit Füßen treten zu können, steigen wir ans Land.

Ein grüner Strauch steht unweit vom Ufer. Er streckt mir seine Zweige wie zum Willkommengruß entgegen. Ich ergreife sie und schüttle sie voll Innigkeit. Es ist, sozusagen, ein Händedruck, den ich mit der Mutter Erde wechsle, nach langer Trennung.

Wir sind in einer Stimmung, in der uns selbst die Zollrevision wie ein Vergnügen vorkommt! Ach, sie ist so überaus anheimelnd, die gute deutsche Gründlichkeit, mit der unsere Koffer und Taschen durchwühlt werden! —

Der Sonderzug des Lloyd bringt uns in zwei Stunden nach Bremen.

Mit Ratskellerwein, aus deutscher Erde geboren, begießen wir unsere Ankunft:

> „Glücklich der Mann, der den Hafen erreicht hat,
> Und hinter sich ließ das Meer und die Stürme,
> Und jetzo warm und ruhig sitzt
> Im guten Ratskeller zu Bremen! . . .“

Um zwei Uhr Abfahrt nach Berlin. —

Sieben Stunden später sind wir zu Hause bei unseren Lieben. Hurra!!

Am nächsten Abend schon betrat ich wieder — als Omar in Fuldas „Talisman" — die Bretter des „Deutschen Theaters".

Erster Akt; Zwiegespräch zwischen Habakuk, dem Korbflechter und dem heimkehrenden Omar.

Habakuk:
„Du kommst gewiß aus weiter Ferne her . . ?

Omar:
Zehn Tag' und Nächte fuhr ich übers Meer!"

Das konnte ich diesmal mit vollem Recht be=haupten! —

VERLAG VON HUGO STEINITZ, BERLIN SW. 12.

Nordlandfahrt

der

Augusta Victoria.

Von

J. Landau.

$=$ **Preis Mk. 2,—.** $=$

VERLAG VON HUGO STEINITZ, BERLIN SW., 12.

Nach

Ostasien.

Erlebtes von meinen Reisen.

Von

Oskar Lenz.

Preis Mk. 2,—.